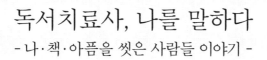

독서치료사, 나를 말하다

- 나·책·아픔을 씻은 사람들 이야기 -

독서치료사, 나를 말하다

- 나·책·아픔을 씻은 사람들 이야기 -

엄명숙

뱅크북

들어가는 글

"어머. 선생님!"

짧은 단발머리, 하얀 블라우스에 청바지를 입은 도서관 이용객이 나에게 인사를 했다.

"……."

당황해하는 나에게 그녀는 한 발 다가왔다.

"차오름 도서관에서 독서치료 상담하시지 않았어요?"

"어, 네. 했었어요. 10년도 더 됐을 텐데."

"네. 선생님, 그때 저도 하고 우리 동현이도 했어요."

나는 10년 전 일을 떠 올리며 그녀와 그녀의 아이를 기억해 내려고 했다. 기억이 나지 않았다. 30대 후반처럼 보이는 그녀와 10년 전 내가 만난 학부모와는 나이가 안 맞았다. 대화를 하면서도 '내 마음을 말해요.' 라는 프로그램에 참석한 아이들을 회상하느라 바빴다.

'동현이, 동현이, 동현이…'

"근데 오늘 여기는 어쩐 일로 오셨어요?"

내 생각을 깨운다.

"오늘 도서관 개관식에 아동대상 프로그램이 있어서 왔지요. 조금 있으면 2시부터 진행되어요. 2층에서."

자신을 동현이 엄마라 소개한 그녀는 옆에 있는 다른 사람에게 나를 소개했다.

"우리 동현이 어렸을 때 상담해 준 선생님이야. 그때 우리 동현이가 얼마나 재밌어했는데. 인사해."

"안녕하세요?"

옆에서 서 있던 그녀도 인사를 했다. 반가움에 들뜬 동현이 엄마와 달리 대면대면하는 나의 태도가 그녀를 당황하게 만든 것 같은 생각이 순간 들었다.

드디어 생각이 났다. 그 동현이. 1학년 동현이는 말이 정확하지 않았다. 뽀얀 피부에 옷차림이 늘 깨끗했던 동현이는 말을 약간 더듬었다. 동현이 엄마는 동현이를 멀리서 대화동까지 데리고 왔었다. 그때 동현이 엄마는 동현이가 말을 더듬는 것에 스트레스를 받고 있었다. 말도 늘 조심스럽게 하고 동현이 양육문제로 상담이 끝나면 동현이가 상담시간 내내 어땠는지를 물었다. 자녀 걱정에 애타던 30대 중반의 엄마였다.

"동현이 여동생도 있었던 걸로 기억하는데…."

"선생님. 혜지도 중학생이에요. 다 잘 있어요. 그때 선생님이 우리 동현이 잘 봐주셔서 잘 컸어요."

"동생은 야무졌었는데."

"호호 그랬었는데…."

나는 기억한다. '해바라기는 싫다. 내가 쉬를 할 때 내 고추를 때렸다.'라고 활동지에 적어 나를 당황하게 했던 귀요미를. 그 이유를 묻는 나에게 해바라기 사건을 들려주었던 순수 그 자체 동현이. 해맑은 웃음을 짓던 동현이. 해바라기 줄기가 세게 불던 바람에 이리저리 흔들리다 하필 화장실에 가기 싫어서 꽃밭에 거름을 주던 동현이의 고추를 건드렸던 것이다. 동현이 때문에 한참을 웃었던 날이 되살아났다. 그 동현이의 소식을 10년도 너머 들었다. 잘 자랐단다. 그리고 동현이 엄마는 나를 기억하고 있었다. 나는 까맣게 잊고 있었는데.

차례

제1장
새로운 시작

A new start

제1장 새로운 시작

전국을 자유롭게 여행하던 전라도 가시내는 고향 경상도를 벗어난 적 없는 사나이를 만났다. 신혼살림을 시작한 곳은 경상남도 김해시 한림면 가동. 집은 언덕 높은 곳에 있다. 바람이 심하게 부는 날에는 방문이 덜컹거리고 지붕이 날아갈 것 같은 본체. 그곳에는 사람이 살 수 없어 찬장, 제기, 교자상 같은 세간살이와 감자 종자, 콩 자루, 고추 자루 등을 보관하고 있었다. 다만 마루에 걸터앉아 겨울 햇살을 쬐기에 딱 좋았다. 흙으로 지은 본체가 곧 무너질 듯해서 시멘트 블록으로 아래체를 지었다. 일찍 홀로 된 어머니와 고등학생·중학생이던 아들 셋이 힘 모아 지은 집이라 썩 예쁘지 않았다. 샘가 미장질도 울퉁불퉁해서 물이 쫙 빠지지 못하고 여기저기 머물다 갔다. 결혼 전 신랑 될 사람은 나에게 몇 개월만 어머니와 함께 살면 된다고 했다. 월급을 모아서 청약한 아파트가 김해 시내에 있다고 했다. 6개월 이내에 입주가 가능하다고 했다. 그곳에서 진짜 신혼살림을 시작하면 된다고 말했다. 시어머니도 며느리를 아파트 현장에 데리고 가서 보여주었다. 조금만 참으라고 했다. 그런데 몇 개월 약정은 10년 시집살이가 되었다. 바람에 나부끼는 집에 어머니를 홀로 두고 나올 수 없어 김해 아파트를 포기하고 낡은 집을 헐고 빨간 벽돌집을 지었다. 아이 둘을 낳았다. 첫 아이가 초등학교 1학년이 되던 해에 김해로 이사를 나왔다. 다시 1년 6개월 만에 대전에 나는 터를 잡아야만 했고 지금까지 살아내고 있다.

1. 아침이 없는 당신이라도 내 사랑

"가진 것 없다만은 너 하나 믿고 살자."

남편과 내가 함께 손잡고 불렀던, 부르고 있는 노래의 가사다. 남편은 아들 셋 중 막내다. 어머니는 남편 여섯 살에 혼자가 되었다. 어린 자식을 서러움 속에서 키워내셨다. 결혼해서 어머니의 손을 보니 손톱이 다 닳아 있었다. 전화를 하면 남편은 감나무 구덩이를 파고 있다고 했다. 회사 근무가 3교대라 쉬는 시간에 어머니를 도와준다는 것이다.

"우리 도련님! 진짜 착해."

"어머니 말 듣고 착실하게 돈도 모아서 아파트도 다 준비해 놨어."

둘째 언니와 둘째 형님은 알고 지내는 사이였다. 나보다 먼저 남편을 보고 온 언니는 사람은 괜찮아 보인다고 했다.

"그래, 입고 온 잠바를 보니 성실하긴 하겠더라."

결혼을 달갑지 않게 여긴 친정엄마도 남편이 인사하러 올 때 입고 온 자주색 잠바의 닳아진 소매를 보고 말했다. 남편은 대학에 입학했지만 학업을 포기했다. 둘째 형을 부산에 하숙시키고 등록금이며 하숙비를 대는 어머니가 불쌍해서 견딜 수가 없었다고 했다. 자신까지 대학을 다니면 어머니가 너무 힘들 것 같아서 일을 시작했다고 한다. 남편은 큰형이 '기술을 배우는 게 앞으로 더 좋다.'고 해서 냉동기사 자격증을 따고 빙그레 공장에 취업을 했다.

대학 졸업 후 직장을 다니던 나는 결혼 2년 전 언니의 부탁을 받고 광주로 내려왔다. 속셈학원을 광주에서 함께 운영했다. 둘째 언니와 둘째 형님의 소개로 남편과 나는 만나기 시작했다. 연애기간 1년 동안 나는 경상도를 가지 않았다. 남편이 주말이면 차를 가지고 왔다.

처음에는 매주 내려오더니 주말 특근을 빠지니 월급이 많이 줄었단
다. 그러더니 2주에 한 번으로 바뀌었다. 자기 차가 아닌 큰형의 팥죽
색 르망 자동차를 끌고 왔다. 남편이 김해로 돌아가면 전화로 잘 도
착했는지 안부를 물었다. 시댁에서는 대학 나온 내가 어떤 조건도 안
보고 시집을 온다고 좋아했다. 둘째 언니는 나를 경상도에 보내놓고
많이 울었단다. 결혼 초기 남편은 통근버스를 타고 다녔다. 도시에서
살던 나는 갑갑증이 났다.

나는 남편이 회사에 출근하면 마루에 앉아 해바라기를 하며 시간
을 보냈다. 어머니는 나를 간섭하지 않았다. 새벽에 일어나 부엌에 밥
상을 차려놓고 나가셨다. 해가 중천에 뜰 무렵이면 새벽에 밭에 나갔
던 어머니는 들어왔다. 밥을 먹고 나서는 이런저런 이야기를 하셨다.
나는 어머니의 말을 가만히 들었다.

"너희 시아버지가 키 크고 잘 생겼지."

"그땐 신랑감으로 군대를 다녀오면 최고였다."

"내가 애 가졌을 때 어찌나 술이 먹고 싶었던지 하루는 네 시아버
지가 나를 부르더라."

"많이 울었지. 말도 말아."

"아이고! 시집 왔는데 낙동강의 물을 항아리에 담아서 머리에 이
고 오면…."

"내가 양말을 빨아 놓으면 우야는 행동이 빠른게 좋은 것 신고, 너
희 둘째 아주버니는 늦는 기라. 다 떨어진 것 신고."

"어데? 말 못한다."

어머니랑 정이 들었다. 아들들이 어머니를 아끼는 마음은 끔찍이
도 많지만 어머니와 많은 대화를 못했는지 어머니는 삶의 실타래를
나에게 풀어냈다.

결혼 1년 만에 첫 아이가 생겼다. 나를 위해 어머니는 쑥버무리를
해 주셨다. 그리고 1996년 3월에 옛 집을 헐고 집을 짓기 시작했다.

진영에 있는 큰 형님 집에서 숙식을 해결하며 가동에 와서 집 짓는 일도 거들었다. 그해 12월 딸 아이가 태어났다. 새집에서 아이는 잘 자라주었다. 큰형님은,

"아이고 이제 밥그릇이 얼음 안 타니 너무 좋다. 제사 때 어찌나 추웠는지….."

하며 제일 좋아하셨다.

"누님, 누님이 집을 지었네요. 누님 너무 좋다."

외삼촌들은 어머니보다 더 좋아하며 세간살이를 새로 마련해 주셨다.

남편 회사직원과 어머니 친구들을 불러 집들이를 하였다.

"수정 댁(어머니 택호)이 고만 웃어라."

"수정 댁이 고생 끝이네."

어머니 친구들은 어머니를 격려해주었다. 그들은 어머니만큼이나 좋아해 주셨다.

첫 아이가 세 살이 되던 해. 진영식구와 가동식구가 남편과 큰아주버니가 일하는 빙그레 공장에 가게 되었다. 남편이 일하는 부서인 '냉동 반' 은 정문을 들어가 왼쪽 편에 다른 건물들과 떨어져 있었다. 사방이 유리로 둘러싸인 '냉동 반' 사무실에는 여러 가지 계기판을 달고 있는 기계가 한 면을 온통 차지하고 있었다. 초록색 몸통을 한 커다란 직사각형의 기계들은 독일 문자가 눌려 인쇄된 은박 쇠붙이를 여기저기 달고 있었다. 기계의 조작을 통해 아이스크림 생산에 필요한 가스를 보내고 저장고의 온도를 유지한다고 했다. 벽에는 각종 연장들이 이름표 아래 놓여 있었다. 사무실 밖 천장은 높았다. 커다란 배관들이 천장 아래로 지나가고 있었다. 큰아주버니는 아이스크림 저장고에서 아이스크림을 상자 채 꺼내왔다. 아이는 아이스크림을 정신없이 먹었다. 어머니도 투게더 아이스크림을 드셨다. 조카들도 '붕

어싸만코'를 먹고 있었다. 큰형님도 '요맘때' 아이스크림을 먹고 있었다. 아주버니는,

"제수씨 먹어 보이소."

하고 내게 아이스크림을 권했다.

"이거 무슨 냄새에요?"

"뭐?"

대답 대신 남편의 질문이 돌아왔다.

"이거? 약간 시큼한 냄새 같은 것 말이야."

"응 암모니아."

"냄새 계속 나는 거야?"

"그치. 근데 이거 위험하다. 이게 있어야 아이스크림 만들어. 온도 유지해야 하니까."

위험하다는 말을 아무렇지 않게 말하는 남편의 태도에 나는 할 말을 잃었다.

"이게 꽉 차면 빼내는 작업을 하는데 폭발할 수도 있어 위험하죠."

아주버니는 암모니아 탱크를 청소할 때 있을 수 있는 위험을 이야기하셨다.

남편이 야근 근무를 마치고 돌아왔다.

"직장을 바꾸어 보는 게 좋을 것 같아."

밤새 생각했던 말을 단숨에 남편에게 했다.

"갑자기 무슨 소리하는 거여?"

"너무 위험해."

"당장 뭐 먹고 살고?"

"3교대여서 주일도 못 지키고 건강도 해치니까, 다른 곳 알아보자."

"그게 말처럼 쉽냐?"

"내가 말했잖아. 우리는 신앙이 1순위니까 회사 바꿔보자고. 근데 오늘 회사 가보고 결심했어. 빨리 다른 것 시작해야겠다고. 안정적이긴 하지만 목숨까지 걸 정도는 아니야."

"뭐 생각한 것 있어?"

"공부해. 주택관리사."

"회사 다니면서 할 게."

나는 결혼하고 얼마 안 되어 남편을 통신대학교 법학과에 다니게 했었고 남편도 몇 달 공부도 하고 마산에 있는 경남 학습관도 다녔었다. 그런데 한 학년을 마치더니 공부를 그만 두었다.

"학교 때려치우듯 하지 말고 단디 각오하고 해야 해."

"또, 그 소리. 내가 다니기 싫다는 것 억지로 등록해 놓고서는…."

"분명 학위가 필요할 때가 있을 건데 그때 내 말 들을 걸 후회할 걸. 절대로 그때 더 말리지 하지마세요. 원망은 하지 마시기 바람. 끝."

"알았어."

근무를 마치고 시간이 될 때 학원에 다녔다. 회사가기, 학원가기, 잠자기. 세 가지만 하는 생활이 1년 간 계속되었다. 남편은 전형적인 중년 남자 몸매로 변해 가고 있었다. 민법이 어렵다고 공책에 새까맣게 적어가면서 외우고 또 외우며 열심히 했다. 나도 공부했다. 같이 시험을 보았다. 나는 떨어졌다. 남편은 한 번에 시험에 합격했다. 어머니와 형님은 너무 좋아했다. 큰아주버니도 같이 동생이 근무하던 회사에서 떠나는 것을 찬성하셨다.

남편은 주택관리사가 되었다. 자격증이 나오자마자 김해에 있는 한 아파트 관리소장이 되었다. 그때 주택관리사를 관리소장으로 두어야 한다는 법이 시행된 지 얼마 안 되어서 금방 취업을 할 수 있었다. 가동에서 김해로 출·퇴근을 했다. 남편은 일을 재미있어했다. 아파트 관리를 하는 위탁업체의 이사와 사이가 좋았다. 이사도 남편을 잘 챙겨 주었다. 2년에 한 번씩 아파트를 옮겨 다니며 주택관리사 협회 활동도 했다. 차도 '프라이드β'에서 '갤로퍼'로 바꾸었다. 나는 1999년 보육교사 자격을 따기 위해 김해 보육교사 교육원을 다녔다. 배 안에 둘째를 담고 있었다. 처음에는 진영으로 나가 김해로 가는 버스를 타고 다녔다. 같이 공부하던 교육생이 집에 가는 방향이라며 차를 태워주어 하반기에는 편히 다녔다. 그때 어머니가 수확한 단감을 교육생들에게 팔기도 했다. 남편이 주택관리사를 하는 사이 둘째가 태어났다. 남편은 주택관리사를 하고 나는 동네에서 아이들을 가르치는 일을 하고 있었다. 수업료로 받는 돈은 살림에 큰 보탬이 되었다. 남편의 월급은 고스란히 통장에 쌓이게 되었다. 어머니는 손자 손녀를 키워주셨다.

"성은 엄마, 나 주택관리사 못 하겠다."
"왜?"
"사람들이 심하다."
"……."
"아무도 없는 곳으로 가고 싶다. 죽을 것 같다."
"왜? 말을 해야 대책을 세우지."
"다 끝장내고 싶다."
"알았다. 뭐 굶어 죽기야 하겠어?"
"지금 나랑 관계 맺는 사람들 얼굴 안 보면 좋겠다."
"알았다. 근데 도망은 가지 말자. 그 사람들한테 할 말은 하고 와라."
"……."
"억울한 것은 말은 해야 한다. 기죽지 말고."
나는 남편에게 무게 있어 보인다는 까만 양복을 입혔다. '배에 힘

을 주고 가서 사표 던지고 와.' 라고 독려 했다. '속 시원하게 하고 와.'
라고 말은 그리했지만 진짜 나도 많이 떨렸다.

　남편은 그날 이후 출근을 하지 않았다. 남편은 주택관리사를 하면
서 취미로 배운 색소폰만 더 열심히 불어대었다.

　"어머니, 이러다 성은이 아빠 죽어요. 저희 여기 떠나야 해요. 성은
아빠 살리려면…."

　어머니는 우리를 잡지 않았다. 남편은 대전으로 가자고 했다. 남편
이 먼저 집을 알아보기 위해 대전으로 갔다. 그리고 나와 두 아이는
한 달 뒤 남편이 찾아 놓은 곳으로 짐과 함께 왔다. 네 명이 모였다.
남편은 대전에서 새 직장을 알아보고 있었다. 쉽게 구해지지 않았다.
남편은 그래도 마음은 김해에 있을 때보다 낫다고 했다. 남편은 아직
도 남편을 못 견디게 한 일이 무엇인지 말하지 않았다. 나는 어렴풋
이 짐작은 한다. 아파트 관리소장직을 옮기면서 회사와 관리소장들
사이에 마찰이 있었고 그 과정 중에서 남편은 사람에 대한 신뢰감이
무너져버렸다는 것을.

　어머니의 절대적 희생 속에서 성장한 남편은 남의 아픔을 내 것으
로 받아들이면서 자신이 더 아파했다. 큰아주버니와 9년을 같은 회
사, 같은 부서에서 근무를 하다 보니 형에게 누가 되지 말아야 한다
는 강박적 사고도 갖게 되었다. 자기가 잘못하지 않았어도 동료직원
이 힘들어 하면 자신이 해결하려다 마음만 다쳤다. 자신이 감당하지
못할 일까지 떠안는 남편의 성격 때문에 나의 고생문이 열리리라고
이때는 생각도 못했다. 수 십 장의 이력서를 내는 눈물겨운 순례 끝
에 남편은 아침이 없는 시간을 1년 가까이 보내고 대전에서 주택관리
사 일을 시작했다. 남편이 아침을 기다리며 꿈틀댈 때 한 번 맺은 인
연이기에 나는 그날, 그날 주어지는 생활의 물을 길러 낼 수 있었다.

2. 버려진 동판

통장을 들고 은행에 갔다. 돈의 흐름이 한 눈에 보였다. 마지막에 찍힌 실직자급여 80만 원. 남편은 이 80만 원을 받기 위해 구직활동을 하고 확인서를 받아야 했다. 낯선 아파트 관리사무소 문을 열고 들어가 관리소장을 만나 구직활동하러 왔다는 확인서를 좀 써달라고 부탁하는 남편은 어떤 심정이었을까? 우리 가족이 힘든 날을 버틸 수 있었던 것은 신앙이 있었기 때문이었다.

"하나님이 우리를 굶기기야 하시겠어?"

나는 어깨가 처져 있는 남편을 달랜다고 쿨한 척 한 마디 던졌다.

"하늘의 나는 새에게도 먹을 것을 주시는 하나님이신데 하물며 당신을 사랑하는 우리를 힘들게 하지 않으신다고 말씀하셨잖아. 긍게 힘을 내라고."

한 번 더 남편을 위하는 척하면서 나를 향한 위로의 말을 말끝을 올리며 하였다.

"우리 엄마가 늘 말하잖아. 사람은 세 가지만 하지 않고 살면 다 살 수 있다고. 그 세 가지 알지?"

다그치는 말에 남편은 귀찮다는 듯 대답한다.

"사람 죽이는 것. 거짓말, 자식 버리지 않기."

"잘 아네. 자기는 아직 세 가지 안 했지? 맞지? 그리고 내가 돈 벌면 되니까. 기죽지 마."

하면서 호기를 부렸다.

"애쓰지 않아도 돼. 알아보고 있으니까."

"알아. 그니까 밥 묵고 다녀."

어느새 남편을 위로하는 누나가 되어가고 있는 나를 발견하기도 했다.

이사를 하고 남은 돈과 남편의 실업 급여로 생활하기는 어려웠다. 남편이 직장을 구할 때까지 기다리기는 조급증이 났다. 겉으로는 괜찮은 듯 말하지만 불안하였다. 집 앞 초등학교로 전학 온 딸은 잘 적응했다. 친구들을 집에 데려오기도 했다. 나도 남편 바라기만 할 수 없었다. 지난날 아이를 가르친 경험이 있던 나는 아이를 가르쳐 보려고 아파트 승강기 안에 전단지를 붙였다. 몇 명이 연락이 왔지만 다섯 살 아이가 있는 모습을 보고는 그냥 가 버렸다. '수훈이를 데리고 할 수 있는 일을 찾아야 해. 성은이 공부도 봐 줘야 하고.' 아이들을 데리고 할 수 있는 일을 찾아야 했다. 그것도 고수익을 보장하는 일로 말이다. 그때는 수훈이를 어린이집이나 유치원에 보내야겠다는 생각을 전혀 하지 못했다. 3개월쯤 지나자 남편은 직장을 구하러 다니기 보다는 국비지원 컴퓨터 직업훈련을 받아보겠다고 했다. CAD랑 엑셀을 배워두면 좋겠다고 했다. 괜찮은 정도가 아니라 전망도 좋은 것 같았다. 남편은 도시락을 준비해야 한다고 했다. 오전에 교육을 받고 오후에 들어왔다.

  "아빠, 이제 회사 다녀?"

  초등학교 2학년 딸이 조심스레 물었다.

  "아빠, 이제 회사 다녀?"

  다섯 살 아들도 따라 한다.

  "엉, 이제 돈 많이 가져올 게."

  남편은 크게 대답을 해주었다.

  "그럼 김해서처럼 피아노 다녀도 되겠네."

  딸이 피아노 학원에 다니고 싶은 마음을 표현했다.

  "피아노 다녀도 되겠네."

  아들은 누나 말을 따라 했다.

  "그래. 피아노 다니고 싶었어?"

  딸의 눈높이에 맞추어 물어보았다.

"아니. 엄마랑 줄넘기하고 도서관 가는 게 더 좋아."

아빠가 자기랑 같이 나갔다가 오후에 들어오니 회사에 다니는 줄 안 딸의 말에 남편과 나는 눈을 어디에 둘지 몰랐다.

남편이 컴퓨터 직업 훈련원을 가면 아들을 데리고 놀이터로 나갔다. 아들이 노는 것을 한쪽 눈으로 지켜보면서 내 반대쪽 눈은 아파트 정문 앞에 있는 정보지를 두는 빨간색 통으로 향했다. 잉크 내가 나는 생활정보지를 기다렸다. 생활정보지는 배달하는 사람이 놓고 가면 금방 사라졌다. 나처럼 생활정보지를 필요로 하는 사람이 나 말고도 많았다. 절박한 마음으로 놀이터 주변에 놓인 의자에 앉아 정보지를 샅샅이 읽었다. 맨 처음 보는 것은 '건설·관리직'이 다른 곳보다 진하게 인쇄된 표지였다. 주택관리사를 구하는 광고가 나는 곳이었다. 위탁관리를 하지 않고 아파트를 자치 관리하는 아파트 주민들이 생활정보지에 관리소장을 구하는 구인 광고를 했었다. 관리소장을 구하는 아파트 광고가 없다.

고수익 보장.
초보가능.
집에서 가능.
동판기술 가르쳐 줌.
1시간이면 배움.
중앙상가 ○○○호

굵은 네모 칸 안에 글자가 노래를 부르고 있다. '이거다. 집에서 할 수 있는 일.' 나는 다섯 살 아들의 손을 잡고 버스를 탔다. 대전역에서 내려 길고 긴 지하상가를 걸었다. 지하상가를 오가는 사람들은 앞만 보고 가는 것이 아니라 다닥다닥 붙어 있는 상가를 들어가기도 하고 물건을 사기도 했다. 나는 수훈이 손을 꼭 잡았다. 수훈이를 등에 업었다가 걸리다가를 반복하며 걸었다.

"이것."

하며 가게 앞에 진열된 장난감을 가리키며 걸음을 멈추는 수훈이에게,

"이따가 엄마가 사 줄게."

하며 상가의 호수를 보며 걷고 또 어디쯤인지 묻고 걸었다. 상가 맨 끝쪽에 화려한 동판액자들이 있었다. 책받침 크기의 동판액자는 8만원 정도였다. 동판에 새겨진 그림은 달마도, 겟세마네 동산에서 기도하는 예수, '오늘도 무사히'가 새겨진 기도하는 다니엘 그림, 자주 보던 예쁜 그림들이 동판으로 탄생되어 빛나고 있었다. 교회에 거는 큰 액자의 값은 동그라미가 많았다.

"어서 오세요."

주인 여자가 반갑게 맞아주었다.

"저, 정보지 보고 왔는데요."

"동판 배우시려고요?"

"집에서 할 수 있다고 해서."

"아, 그런데 동판 배우려면 20만원을 내고 동판 조각도를 사야 해요."

"네?"

나는 20만 원이 든다는 말에 놀랐다.

"오늘 잠깐 하는 것 배우고 동판 가져가서 밀어오면 저희가 구매해 드려요."

"그러면 20만 원을 모두 내야 되나요?"

"약품이랑 동판 조각도 값이에요. 해보실래요?"

"가격은?"

"장 당 1만 5천 원이에요. 이 정도가요."

주인은 A4 크기의 동판을 가리키면 말했다.

"하루에 몇 장이나 할 수 있어요?"

"사람마다 달라요."

"……."

"잘 하는 사람은 10장도 하죠."

"……."

'20만 원이면 우리 성은이랑 수훈이랑 옷도 사줄 수 있는데. 20만 원이 우리가족에게 얼마나 절실한 돈인데.'

"안 하서도 되요."

주저하는 나를 향해 주인 여자는 신경질적인 목소리를 내었다.

"……."

"배워볼게요."

화려한 동판들이 전시된 공간 뒤, 작은 문을 열고 들어가 나는 동판을 미는 법을 배우고 약품을 처리하는 법을 배웠다. 그리고 동판 10장을 받아 수훈이 손을 꼭 잡고 집에 왔다. 아이를 재우고 책상에 앉아 동판에 받아 온 그림을 붙이고 날카로운 동판 칼로 밑그림을 그렸다. 날카로운 칼날이 지난간 곳에 선이 나타났다. 밑그림을 따라 이번에는 둥글고 매끄러운 동판 칼 부분으로 동판을 밀었다. 팔에 힘을 주고 '동일한 힘으로 밀어야 얼룩이 안 지고 예쁘게 나와요.' 라고 했던 말을 새기면서, 밤을 새워 A4크기의 동판 3장을 밀고 또 밀었다. 묽은 질산 용액에 동판을 담갔다 꺼내어 수돗물로 한 번 행구고 가스레인지 불에 동판을 말렸다. 그리고 화공 약품을 묻힌 헝겊으로 닦아내니 번쩍번쩍 빛났다.

"와우! 멋지다."

나는 밤새 4만 5천 원을 벌었다. 수훈이가 잠이 들면 낮에도 밀었다. 드디어 10장을 완성했다. 15만 원을 받을 수 있다는 기대감에 발걸음이 가벼웠다. '조금만 더하면 투자금은 뺄 수 있다'는 생각을 하니 얼굴에 웃음이 절로 났다. 사흘 만에 수훈이 손을 잡고 다시 버스에 올랐다. 지하상가가 길지도 않았고 등에 업힌 수훈이도 가벼웠고 팔도 하나도 안 아팠다.

"이거는 작품이 안 돼요."

주인 여자는 내 동판작품을 이리저리 살피더니 청천벽력 같은 선고를 했다.

"네?"

외마디 비명이 나왔다.

"보세요. 민 자국이 보이잖아요. 꼼꼼하게 밀어내야 된다구요. 다 상품가치가 없어요."

차가운 목소리가 나를 주눅 들게 했다.

"밤새 했는데…."

아쉬움에 동정을 바라는 목소리가 새어 나왔다.

"이거 하나만 좀 낫네요. 이거 5천 원 계산해 드릴게요."

"5천 원?"

"저희도 동판 떼어 오는 거니까 손해에요. 계속할 건가요? 할 거면 다시 배우고 오늘은 다섯 장만 가져가세요."

"조각도는 물릴 수 있나요?"

"이미 썼잖아요."

나는 눈물이 났다.

'이런 나쁜 사람들. 우리에게는 만 5천 원에 사서 몇만 원씩 받는 사람들이….'

꾹 참았다. 돌아오는 길에 수훈이를 꼭 안았다. 그리고 다짐했다. 동판은 때려치우기로.

3일 만에 폐기 처분한 경제 자립의 꿈. 아이들도 돌보면서 동판처럼 빛나게 살려던 내 꿈의 흔적은 갈색 헝겊필통 속에 잠들어 있다. 궐련 담배 모양으로 가운데 까만 전기 테이프를 감고 있는 두 개의 조각도, 동판을 밀던 3일 밤낮의 설렘이 되살아난다. 지금 동판 조각도를 들어보니 묵직하다. 내 삶도 묵직함으로 자리를 잡고 있다.

3. 생활정보지에서 꿈을 찾다

"새댁, 우리 성자랑 성자 친구 좀 가르쳐 볼래요?"

"저야 감사하죠."

"근데 우리 성태도 같이 해주면 안 될까?"

"네?"

"성태 가르칠 동안은 내가 애 봐줄 게. 다 안 준다는 건 아니고 성태 교육비는 조금 DC"

"아… 네."

옆집 아주머니의 소개로 초등학교 6학년 여자아이의 모든 과목을 봐주는 과외 선생님이 되었다. 세 아이를 가르치니 조금 숨통이 틔었다. 남편도 다행히 집에서 가까운 아파트에 관리소장으로 일을 시작했다. 위탁관리가 아니라 주민자치관리 아파트라서 월급은 적었다. 그래도 감사했다. 오전에는 수훈이와 도서관도 가고 놀이터에서 놀면서 생활정보지를 뒤적였다. 입시학원 강사를 구하는 광고는 계속 나왔다. 입시학원 강사의 출근 시간은 오후 4시. 초등부 지도 강사는 오후 2시부터 7시 근무. 집에서 먼 곳도 있고 가까운 곳도 있었다. 안정된 수입을 위해서는 당장 학원으로 가는 편이 나았다. 남편의 월급으로는 아파트를 살 때 받은 대출금과 이자를 갚기가 빠듯했다.

"조금 참아. 아껴 쓰면 되지. 수훈이도 있고."

정보지에서 찾은 학원에 이력서를 내보면 어떨까하고 고민하는 나에게 남편은 수훈이가 있으니 조금만 참자고 했다. '집에서 가르칠 수 있는 학생이 10명만 되어도 괜찮을 텐데.' 하는 아쉬움이 남았다.

"어머니한테 말씀드려볼까?"

남편은 가동에 홀로 계신 어머니에게 도움을 요청하자는 제안을 했다.

"미쳤음? 어머니께 말하게. 우리 힘으로 해야지. 글치 않아도 우리 여기 대전 나온 것 엄청 서운 할 텐데."

"그러면 힘들다고 은근히 압박을 주지 말든지."

"지금, 뭐라고 하는 거여? 무슨 압박? 내가 언제 압박 했어? 없는 중에 색소폰 학원도 보내주잖아. 아무튼 어머니는 안 돼. 이제는 우리 힘으로 해결해야 한다고. 어머님이 아니라 우리가."

"알았어. 알았어."

"색소폰을 그만 배우는 게 어떨까?"

"뭐라고?"

"……."

남편이 직장이 없을 때도 나는 남편의 유일한 즐거움을 빼앗지 않았다. 금산까지 색소폰을 배우러 다니는 남편에게 기죽지 말라고 강습비를 꼬박꼬박 챙겨 주었다. 그런데 대출금을 갚아야하는 때가 되면 나도 모르게 신경이 날카로워졌다. 과거 김해에서의 생활에 비하면 고달팠다. 그래도 살아내지는 것이 우리네 인생이다.

놀이터에서 생활정보지를 열심히 보던 생활이 지속 되었다. 5월의 어느 날이었다. 정보지가 나오는 화요일과 목요일 중 한 요일이었다. 정보지 첫 장을 넘겨 쑥 훑어보는데,

국비지원 취업 교육
NIE와 글쓰기지도사 과정
선착순 40명 모집.
수료 후 취업 보장.
고수익 창출.
대전 YWCA여성인력개발센터
라는 문구가 들어왔다.

"글쓰기지도사?"

"NIE?"

"국비지원. 국비지원,"

정보지의 글을 소리 내어 읽었다. 자비 8만 원을 내면 45만 원은 지원해 준다는 것이었다. 모래로 집짓기를 하는 수훈이를 불렀다. 모래투성이 수훈이는 엄마가 부르자 손을 털고 바로 나에게 왔다.

"김수훈. 엄마는 지금 집에 가면 전화 할 거다."

"전화 할 거다."

수훈이는 내 말을 따라 했다.

"조용히 있어야 해."

"쉿."

다다닥 수훈이가 달려가 문을 열었다.

"여보세요? 글쓰기 지도사 과정 신청하려고…."

내가 질문도 다 하기 전에 전화기에서 안내하는 소리가 들렸다.

"네. 최종 학력증명서랑…."

메모지에 메모하기도 빠른 속도였다.

"전화로 접수하시고 취소하면 안 됩니다. 35번이네요. 내일까지 서류 부탁합니다."

무작정 대답 먼저 하고 보았다.

"네. 내일 가겠습니다."

2004년 5월부터 8월까지 나와 수훈이의 출근은 계속되었다. 수훈이 두 손을 꼭 잡고 버스에 타고 탄방동에 있는 대전 여성 인력개발센터라는 간판과 YWCA 간판이 있는 건물을 찾아갔다. 풀과 가위를 가방에 담았다. 배울 내용을 적을 공책도 잘 챙겼다. 수업을 하는 동안 수훈이가 가지고 놀 트럭도 담았다. 수훈이의 간식을 담은 작은 천가방도 내 큰 가방에 담았다. 수훈이는 많이 움직였다. 수훈이의 발목과 손목은 내 엄지와 약지를 이용해 잡으면 두 손가락이 맞닿을 정도로 가늘었다. 배는 조금 불룩하였다. 나는 버스정류장까지 가는 동안 수훈이를 안아주거나 업어주었다. 집에서 버스정류장까지 걸어가다 보면 뼈만 앙상하게 있는 수훈이의 발에 신긴 신발이 잘도 벗겨졌다. 횡단보도를 3개 건너야 있는 버스 정류장. 혼자 걸으면 10분이면 닿을 거리를 수훈이와 걷다 보면 버스를 놓쳐버리기도 했다. 그런 날은 지각이었다. 그러니 집에서 일찍 나가 버스정류장에서 기다리는 편이 났다. 운 좋게 버스정류장 의자가 비어 있을 때는 앉아서 버스를 기다릴 수 있다.

배움이 시작되었다. 나와 비슷한 연령대의 선생님들이 모였다. 눈들이 반짝였다. 첫 시간, 8절 스케치북에 신문을 이용해 자기를 소개하는 것을 만들고 발표했다. YWCA에서 독서지도사 과정을 마친 한밭독서회 회원이 여럿 있었다. 나처럼 생활정보지를 보고 찾아 온 사람도 있었다. 대구에서 이사 온 지 얼마 안 되었는데 소일거리를 찾다가 왔다는 사람은 같은 동네의 다른 아파트에 살고 있었다. 이때의 인연으로 혜경 선생님과 오랜 기간 독서관련 일을 함께했다. 상담전문가의 길을 가기 위한 도전을 할 때도 혜경 선생님은 나를 응원해주었다.

신문활용 교육은 기자가 와서 가르치기도 했다. 신문의 사진을 이용한 글쓰기, 신문에 나온 직업탐구, 전단지를 활용한 차례상 차리기 등. NIE 수업은 무궁무진했다. 사설을 요약하고 반박하는 글쓰기도 하였다. 초등학생을 지도할 수 있는 글쓰기 법, 날씨 일기를 쓰는 법, 마인드맵을 이용한 소재 찾기도 배웠다. 시간이 가는 줄 모르고 여름을 보냈다. 수훈이는 내가 교육을 받는 동안 4층에서 아이를 돌봐주는 선생님이 있는 곳에서 잘 놀아주었다. 나는 수료증을 받았다. NIE

와 글쓰기지도사 과정을 교육받으면서 9월에 YWCA에서 독서치료사 과정과 독서지도사 과정을 개설한다는 정보를 듣게 되었다. 이것은 100% 자비였다. 글쓰기지도사 과정을 마친 사람들 중 대여섯 명은 9월 독서지도사 과정에 지원한다고 했다. YWCA에서 진행하는 과정은 대전에서 인지도가 높다고 했다. 선배 기수가 짱짱하다고 했다. 대구에서 온 혜경 선생님은 독서지도사 과정을 신청했다. 나는 두 과정을 모두 교육받고 싶었지만 백만 원에 가까운 돈을 생각하니 두 과목 모두를 신청할 수는 없었다.

독서치료사 과정을 수강하기로 했다. 독서치료사는 상담가를 양성하는 과정이었다. 12명이 모여 독서치료사 과정을 15주 동안 진행했다. 독서치료사 1기라는 것은 대전에서 이 분야를 개척한다는 의미였다. 9월에 독서치료사 과정에 다니고 있는데 집 앞에 있는 도서관에서 독서지도사 과정을 개설한다는 전단지를 보았다. 수강료는 단돈 만 원. 서울서 강사진들이 내려와서 교육한다고 했다.
"오! 주님! 저의 형편을 아시고 이런 기회를 주시다니 정말 감사합니다."
들뜬 나는 도서관에 접수를 했다. 목요일에는 탄방동으로 수요일에는 안산도서관으로 뛰어다니면서 배웠다. 독서치료사 과정에서는 상담이론을 배우고 상담실습도 해야 했다. 시험도 보았다. 독서지도사 과정에서는 책을 읽어야 했다. 독서지도안 계획서도 짜야했다. 성태 엄마의 소개로 집에서 먼 곳에서 과외를 하러 친구 한 명이 왔다. 네 명의 아이를 가르치니 딸의 학원비는 벌 수 있었다. 바빴다. 그래도 즐거웠다.

생활정보지에서 '국비지원 취업 교육' 광고를 보고 시작한 NIE와 글쓰기 지도사 과정을 마쳤다. 쉬지 않고 독서치료사 과정과 독서지도사 과정을 동시에 시작했다. 지금 나는 책으로 사람을 만나는 일을 하고 있다. 꿈을 이루는 길은 언제나 열려 있는 것이다. 간절한 마음으로 시작하였고 시간을 투자하여 열 배, 백 배, 그 이상의 가치를 만들어내는 길을 나는 달리고 있다.

4. 102번 버스기사가 될래요

내가 어머니를 모시고 시골에 있을 때 수훈이는 할머니 등에 업혀 세상 구경을 다녔다. 논에 자라는 벼도 보고, 하늘을 나는 잠자리도 보고. 여름 한 철이면 동네의 할머니들은 마을 입구 방죽이 있는 곳에 세상에 하나밖에 없는 원두막을 만들었다. 남자 어른이 두 다리를 벌려야 건널 수 있는 농수로에 긴 나무 널빤지를 서너 장 걸치고 그 위에 노란색 장판까지 깔았다. 작대기 몇 개를 네 곳에 꽂아 고추 말릴 때 쓰는 까만 비닐을 얼기설기 쳤다. 앞에는 봄 내내 벚꽃을 피우던 벚나무가 튼실하게 서서 그늘을 주었고, 뒤에는 아담한 방죽에서 물병아리도 놀았다. 앞에는 나무가 바람을 주고 뒤에는 물바람이 이는 천혜의 놀이터였다. 어머니 친구들은 그곳에서 호박전도 부쳐서 먹었다. 수제비도 쑤어 먹었다. 수훈이의 첫 친구는 동네 할머니들이었다. 말도 배우기 전부터 화투에 사용되는 말을 들었다. 동네에서 가장 어린 수훈이를 어른들은 손에서 손으로, 무릎에서 무릎으로 옮겨 가며 키워주셨다. 덕분에 수훈이는 할머니들이 주신 땅콩사탕을 늘 입 안에 달고 살았다. 달달한 사탕을 입에 넣고 침을 흘리면서 얌전히 할머니 무릎에 앉아 화투 구경을 하니 어른들은 순하다 했다. 나무 그늘 아래서 물바람을 맞으며 잠이 들었던 수훈이. 대전에 와서 맞은 첫여름을 아들은 기억할까?

신문활용교육과 글쓰기 과정은 한 여름에도 진행 되었다. 그 해 여름은 몹시도 더웠다. 지금은 170센티미터가 넘는 키의 장성한 청년으로 자란 아들이지만, 다섯 살 수훈이는 깡마른 몸이었다. 배움을 시작하는 엄마를 따라 수훈이도 탄방동에 있는 YWCA에 가야했다. 처음에는 일반 버스를 타고 다녔다. 버스에 앉을 자리가 없을 때는 수훈이가 버스 의자를 꼭 잡고 서면 나는 수훈이 뒤에서 다리로 수훈이를 고정시켰다. 가끔 아주머니들은 작은 수훈이를 안아 앞에 앉히고 배를 꼭 안아 주기도 했다. 수훈이는 버둥대지도 않고 잘 있었다. 그러다 자리가 나면 수훈이만 의자에 앉히고 나는 내 등의 커다란 가방을 벗어 수훈이 발밑에 놓았다. 수훈이는 달랑거리는 발을 가방 위에 얹었다.

"아줌마, 거 애기 조심하세요."

백미러를 보며 기사 아저씨가 한 마디 하셨다. 다섯 살 아들 옆에 엉덩이를 살짝 걸쳤다. 수훈이가 빨간색 벨을 누르지 못하게 주의를 주었다. 60여 분을 달렸다. 거의 다 왔다. 나는 가방을 메고 영차 힘을 주며 수훈이를 안았다. 조심조심 버스 문 앞에 섰다. 수훈이를 추켜 안았다.

"자 누르세요."

수훈이가 앙상한 팔을 뻗어 벨을 눌렀다.

"삑."

몇 초 후면 버스가 설 때 밀리지 않기 위해 발바닥에 잔뜩 힘을 주었다. 나는 좌우로 조금 흔들렸다. 문이 열렸다. 수훈이를 버스정류장보다 조금 높은 인도로 내려놓으며 허리를 폈다. 땀이 났다.

수훈이와 함께 4층으로 갔다. 수훈이가 노는 것을 잠시 지켜보다 나는 2층으로 내려갔다. 신문을 오리고 글을 쓰고 풀로 붙이고, 쉬는 시간도 없이 배웠다.

"내일 또 뵙겠습니다."

수업을 마무리하는 강사님의 인사에 우리들도 입을 모아 인사했다.

"수고하셨습니다."

선생님들과 인사도 못 하고 4층으로 뛰었다. 내 염려와 달리 수훈이는 잘 놀고 있었다.

"엄마."

수훈이 장난감을 챙겨 건물 밖으로 나왔다. 여름 한낮의 공기에 숨이 '턱' 하고 막혔다. 태양 빛을 받으며, 한참을 걸어 내려와 반대편으로 건넜다. 버스를 기다리는데 차들이 지나갈 때마다 뜨거운 바람이 온 몸을 휘감았다. 버스정류장 앞 건물은 우리에게 그늘을 허락하지 않았다. 네모난 건물 앞에는 팔 물건들이 몇 뼘 안 되는 그늘을 차지하고 있었다. 나는 수훈이에게 물을 주고 부채로 바람을 만들어 주었다. 수훈이는 자꾸 손을 끌어 그늘로 가자고 한다.

"저기 버스 오네."

"……."

버스를 타니 좀 시원하였다. 그래도 버스 한쪽으로 들어오는 햇볕을 다 막을 수는 없었다. 한 사람 돈으로 두 명이 타니 수훈이만 앉게 했다. 등에 진 가방을 내려놓으니 등이 좀 시원했다. 나는 수훈이가 앉은 자리의 앞 의자와 수훈이의 의자를 한 손씩 잡고 인간 보호대가 되었다. 버스에서 내리면 수훈이 등 가운데가 땀으로 젖어 옷이 몸에 달라붙어 있었다. 노란 비닐로 된 의자에 앞으로 기울면 코방아를 찍을까봐서 등을 꼭 붙이고 버스를 타고 왔기 때문이다. 며칠을 땀범벅이 되어 다녔다.

일반 버스를 타고 다닌 지 꽤 지나서야 102번 좌석버스도 큰 길로 나오면 탈 수 있다는 사실을 알게 되었다. 일반버스비는 800원이고 좌석버스비는 1200원이었다. 좌석버스는 7세 이하 아동은 돈을 내지 않아도 한 자리를 이용할 수 있었다. 걷는 거리가 늘어나 집에서 좀 더 일찍 출발해야 했지만 나는 과감히 102번 버스를 선택하였다.

102번 버스를 탔다. 자리가 여유로웠다. 무엇보다도 에어컨 바람이 시원했다. 수훈이를 안쪽 의자에 앉히고 나는 수훈이 옆에 앉았다. 수훈이는 다리를 흔들며 좋아했다. 나도 가방을 내 무릎에 내려놓고 수훈이와 이야기를 했다. '진즉에 이리 다닐 걸. 괜히 수훈이만 고생시켰네.' 미안함이 밀려왔다. 각 의자의 창마다 붙어 있는 하차 벨은 당연히 수훈이의 차지가 되었다.

"수훈아, 이제 다 왔으니까 눌러."

"삑."

수훈이는 앉아서 벨을 눌렀다.

"수훈아, 이제 이 102번 타고 다닐 거야."

"102번."

"자, 이제 내려요."

나는 수훈이를 내 앞에 세웠다. 버스가 승강장에 멈추었다. 수훈이가 버스계단을 내려 설 때까지 아저씨가 기다려주었다.

"감사합니다."

나는 경쾌한 목소리로 인사를 하고 수훈이의 손을 잡으며 내려섰다. 수훈이도 버스를 향해 인사를 하였다. 수훈이 손을 잡고 YWCA까지 걸어갔다. '에구 그렇지.' 조금 걷다 수훈이가 안아달라고 했다. 수훈이를 가볍게 안았다.

"스물 셀 때까지만 안고 가기."

"하나. 둘."

수훈이 몸이 출렁거린다. 기분이 좋은 것이다.

"열. 아홉. 스물. 자 이제 내려서 걷기, 손잡고."

"손잡고.

다시 집으로 돌아갈 오후가 되었다. 수훈이와 함께 길을 걸어가 횡단보도를 건너 버스정류장에서 기다렸다. 햇볕이 버스정류장 위로 쏟아졌다. 더웠다. 고개를 몇 번이나 버스 오는 쪽을 향해 내밀어 보왔다. 저기 멀리 102번이 오고 있었다.

"온다. 102번 버스"

수훈이가 정류장 플라스틱 의자에서 일어났다.

"왔다. 102번,"

버스 문이 열리자 시원한 에어컨 바람이 수훈이와 나를 환영해 주었다. 끈적이는 수훈이를 들어 올리면서 말했다.

"자 수훈이가 200원 넣어."

수훈이가 동전 2개를 플라스틱 하얀 통에 넣으니 돈이 들어가는 소리가 들렸다. 나도 얼른 천 원을 넣고 수훈이를 잡고 의자에 앉았다. 에어컨 바람이 내 몸의 열기를 식혀 주었다. 수훈이의 더위도 함께 가져갔다. 에어컨 바람에 몸의 끈적거림이 사라졌다. 1시간이 아니라 40여분 만에 아침에 버스 탔던 반대편에 버스가 멈추어 섰다. 뜨거웠다. 아스팔트 열기가 심장을 조였다.

두 번째 횡단보도를 건너고 마지막 횡단보도를 건너기 전에 길가에 작은 공원이 있다. 콘크리트로 사람 다니는 길을 경계해 놓은 부분이 있고 그 경계선 너머에 울타리 격으로 길가에 향나무가 여섯 그루 있다. 그 향나무에 초록색 열매가 초여름에 열린다. 중지 손가락 손톱만한 크기의 열매가 아래는 배가 불룩하고 위는 다섯 갈래로 갈라진 뾰족 머리를 하고 있다. 던지기에 딱 좋다. 더위를 잊기 위해 나는 향나무 열매를 대여섯 개 따서 수훈이 손에 주었다. 손도 작아서 여섯 개도 다 못 받는다. 수훈이는 폭탄을 엄마에게 던졌다.

"으윽."

나는 연기파 배우가 되어 고통의 소리를 내었다.

엄마를 폭탄으로 맞추는 수훈이가 까르르 웃었다. 나는 즉석 폭탄을 따서 수훈이에게 던졌다. 수훈이는 공원 안쪽으로 도망갔다. 공원에는 의자가 딱 하나 있지만 우리는 쉬지 않았다. 이제 저 마지막 횡단보도를 건너야 했다. 그러면 학교 담장을 따라 두 뼘의 그늘이 쭉 있었다. 저 그늘 속으로 수훈이가 들어가면 나는 햇볕을 맞아도 좋았다. 한 번에 건너 학교 담벼락이 주는 그늘로 들어갔다. 도서관 마당에 도착했다. 도서관 문을 열고 다시 시원한 에어컨 속으로 들어갔다. 책을 빌리고 집으로 향했다. 도서관에서 계단 30개를 세며 내려와 다시 햇볕 속으로 전진했다. 좌우를 살피고 감나무가 있는 그늘 속으로 들어왔다. 집이다. 번호를 누르고 집으로 들어갔다. 냉장고 문을 열고 물을 마셨다. 수훈이는 옷을 훌훌 벗고 목욕탕으로 갔다. 수훈이는 날이 갈수록 엄마를 따라가는 것에 익숙해졌다.

어느 날 나는 수훈이에게 물어보았다.
"우리 수훈이는 아빠처럼 키 큰 어른이 되면 뭐 할 거야?"
"102번 아저씨"
"102번?"
"102번 아저씨가 될 거야."
나는 처음에 무슨 말인지 몰랐다. "102번 아저씨 알아?"
"안 더워요. 102번 아저씨가 좋아."
"아, 102번 버스 아저씨 된다고."
"네. 엄마랑 수훈이 시원한 바람 주니까?"
버스를 기다리다 102번 버스를 타면 시원해지니까 102번 버스 기사가 되고 싶은 소망을 가졌나보다.

"아들, 네 꿈이 102번이었다."
"그만하세요. 어머님."
"진짜여?"
"아닙니다."
아들은 이때의 일을 어렴풋이 기억하는 듯하다. 어릴 때 자신을 더

위의 고통에서 구해준 사람을 닮고 싶어하는 다섯 살의 순수함에 응원을 보냈다. 이제 아들은 102번 아저씨가 되는 꿈을 잊고 상담학과 대학생으로 열심히 살아가고 있다. 더위는 아들에게 '102번 버스기사'가 되는 희망을 꿈꾸게 했었다.

5. 2개의 수료증

대전YWCA여성인력개발센터 관 장 직인이 찍힌 종이 한 장.

제04-47호.
수료증
훈련과정 : 전업주부 재취업훈련
훈련직종 : NIE와 글쓰기지도사
훈련기간 : 2004. 5. 28 ~ 2004. 8. 30
위 사람은 전업주부재취업훈련 NIE와 글쓰기지도사 과정을 이수
하였기에 이 수료증을 수여합니다.

이 한 장의 종이를 받기 위해 다섯 살 아들을 더위 속에 데리고 다
니면서 공부를 했다. 서울에 살던 둘째 언니가 형부 직장이 옮겨지면
서 내가 살고 있는 같은 아파트로 10월에 이사왔다. 언니네 큰 아들이
열 살. 우리 딸이 아홉 살. 언니네 둘째 아들이 일곱 살. 수훈이가 다
섯 살. 언니는 건강이 좋지 않았다. 조카들을 내가 볼 때도 있었고, 언
니가 우리 아이들을 봐 줄 때도 있었다. 수훈이는 놀이터를 좋아했다.
언니네 둘째 승운이는 집에 있기를 좋아했다. 형과 누나가 학교에 가
고 나면 학교에 안 가는 둘이 놀아야 했다. 집에서 뒹굴며 책 읽기를
즐기는 점잖은 일곱 살 형은 동생이 와서 집을 돌아다니는 것이 싫었
다. 다섯 살 수훈이는 듣는 것은 잘하지만 말하는 것이 서툴렀다. 한
글도 몰랐다. 언니와 나는 수훈이와 승운이를 미술학원에 보냈다. 아
침에 봉고차를 태워 보냈다. 나 혼자라면 결정을 못 내렸을 것이다.
미술학원 유치부는 학기 초가 아니어도 아이를 받아주었고, 이 학원
도 시작한 지 얼마 안 되어 원생이 필요했던 것이었다. 원장 선생님

은 10여 명의 아이들을 모아 유치원식 미술학원을 운영하셨다. 수훈이와 나이가 같은 원장 선생님 딸도 함께 공부했다. 수훈이를 미술학원에 보내고 혼자 다니니 정말 편했다. 당연히 버스는 102번이 아닌 일반 시내버스로 바꾸어 탔다.

조카 장원이와 딸, 똑 소리 나는 일곱 살 조카를 데리고 나는 첫 NIE 수업을 했다. 옆집 성태와 성자 그리고 성자 친구의 수업을 마치고 멀리에서 온 미정이가 공부를 안 하는 날에 스케치북을 사고 가위를 사고 색연필과 싸인 펜도 준비했다. 신문은 형부가 회사에서 가져다 주었다. 그리고 장원이와 딸이 학교에서 어린이 신문을 가져왔다. 아이들은 저녁밥을 먹고 8시에 모였다.

"자 오늘은 만화를 오려보자."

"네."

세 아이의 대답은 씩씩했다.

"이모…."

큰 조카 장원이가 평소처럼 나를 부른다.

"노! 노! 이모 아니고 선생님."

내가 고쳐 주자 아이들이 크크거리며 웃었다.

"엄마, 이것은…."

딸이었다.

"노! 노! 엄마 아니고 선생님."

"킥킥킥"

"이거 하는 동안은 이모도 아니고 엄마도 아닙니다. 선생님이라고 부르세요. 선생님!"

만화를 오려 붙이고 만화와 관련된 기사를 찾아보기를 했다. 찾은 기사를 소리 내어 읽고 내용을 정리 했다. 신문기사를 오려 육하원칙으로 요약해보는 수업도 했다. 3학년 형보다 일곱 살 조카 승운이가 글을 잘 파악할 때도 있었다. '오렌지 관찰 글' 글쓰기도 했다. 오렌지를 만져보고 느낌을 말하고 오렌지를 먹어보고 맛을 표현하고 오렌지를 잘라 그림을 그렸다. 명절 때는 마트에서 전단지를 여섯 장 가져왔다. 차례에 대한 기사를 읽고 전단지에서 사고 싶은 식품을 골랐다. 그리고 스케치북에 커다란 차례상을 그려 주었다.

"오늘은 추석 명절을 앞두고 차례상을 차리겠습니다."

"마음대로 차리면 되나요?"

딸이 먼저 궁금증을 물었다.

"아니요. 주어진 돈은 5만 원입니다. 이 안에서 시장을 보세요."

"5만 원은 힘들어요."

장원이다.

"왜요?"

"저는 고기를 많이 살 거예요."

깔깔 웃음이 터진다. 고기를 좋아하는 큰조카 장원이다.

"절대 안 됩니다. 주어진 돈은 5만 원입니다."

"나는 고사리, 콩나물, 무나물…."

딸은 야채부터 고르는 중이었다.

"만들어 진 것 사도됩니까?

장원의 또 다른 질문이다.

"그건 자유."

"나는 사과, 배, 바나나…."

승운이의 시장보기는 과일이 풍성하였다.

세 명의 상차림이 다 다르다.

"장원아, 소고기랑 햄이랑, 닭고기, 그 상을 받은 조상님들은 어떤 말을 하실지 써 봐요."

"승운이 차례상에는 생선이 없네?"

"저는 결코 생선을 거부합니다."

완전 어른 대답이다.

"알았어요. 승운이도 상차림 이유를 써 보세요."

"많이도 차렸네요. 그 이유를 써보자."

제법 갖출 것은 갖춘 딸의 상차림이다. 사과, 배, 대추에 삼색 나물까지.

"자 나와서 발표해 보자."

시간 가는 줄도 모르고 했다.

"타다닥"

복도에서 달리는 소리가 들렸다. 형과 누나가 NIE를 하는 동안 이모 집에 가 있던 수훈이가 오는 소리였다. 수업을 마칠 때가 되었다. 조카와 딸을 데리고 진행한 수업은 2년 동안 했다. 독서지도사 자격을 따고 본격적으로 일을 시작하기 전까지 우리 아이들이 먼저 수업 대상자가 되어 주었다. 똑소리 나게 똑똑했던 일곱 살 조카는 의대생이 되었다. 큰 조카 장원이는 미생물학자가 되기 위해 학·석사 통합 과정을 공부하고 있다. 딸은 나와 같은 상담사의 길을 가기 위해 대학원에 진학했고 상담도 하고 있다. 형들과 누나들이 글쓰기를 할 때 마지막에 방해꾼으로 합류하던 수훈이도 대학생이 되었다.

04-1054호

수료증

훈련과정 : 독서치료사

훈련기간 : 2004. 9. 1 ~ 2004. 12. 15

위 사람은 독서치료사 과정을 이수하였기에 이 수료증을 수여합니다.

대전YWCA여성인력개발센터 관장

독서치료사 과정은 NIE와 글쓰기지도사 과정보다 특화된 과정이었다. 처음 3회기는 상담이론을 배웠다. 9시간으로 상담이론을 섭렵할 수 없었다. 그림책이나 소설책을 선택하여 독서치료 상담에 맞게 발문을 했다. 내담자가 없이 책 내용을 발문해서 다음 시간에 발표하고 피드백을 받았다. 계획서를 초기·중기·종결로 세밀히 계획해 가야 했다. 상담을 진행하고 실습보고서를 제출해야 했다. 한숨이 절로 나왔다. 내담자를 어디서 어떻게 만나야 할지 막연했다. 15주 수업을 마치고 독서치료에 매력을 느낀 다섯 명은 스터디 팀을 만들었다. 두꺼운 서적을 우리를 지도하신 선생님께 추천받아 읽어 나갔다. 강의를 들을 때보다 선생님들과 함께 공부하면서 상담학에 대해 더 많이 알게 되었다.

"힘드네. 아 진짜 어렵네요."

두꺼운 전공서적을 읽고 요약하는 것이 나는 정말 힘이 들었다.

"이렇게 요약을 잘해 오면 다음 사람 부담되는데…."

젊은 윤정 선생님이 요약을 너무 완벽하게 해 오니 부러움 반, 걱정 반을 섞어 은선 선생님이 말을 했다.

"그래도 해 보니 좀 알 것 같잖아요."

역시 간호사 출신 안나 선생님이었다.

"선생님은 간호사 출신이니까 우리 좀 더 도와줘야 해요."

내가 간절한 눈빛을 보내며 동갑내기 안나 선생님을 쳐다보았다.

"저두 똑같아요."

1주일에 2번, 후속 상담공부를 하러 YWCA까지 갔다. 공부를 마치고 3층에 있는 YWCA 식당에서 먹는 2000원짜리 밥은 세상에서 가장 맛있었다. 딱 50인분만 만들어 파는 밥. 이 밥을 먹기 위해 정식 강좌가 아닌 스터디 팀인 우리는 늘 15분 일찍 나와 식당 밥을 꼭 챙겨먹었다. 수훈이를 미술학원에 보내고 얻은 밥 먹는 재미였다.

대전YWCA여성인력개발센터 관장 직인이 찍힌 종이 두 장. 이것
은 종이가 아니다. 한 장은 수훈이와 함께 했던 한 여름의 땀이다. 다
른 한 장은 수훈이를 나와 분리시키고 얻은 가을의 땀이다. 이 땀을
시작으로 세상 밖으로 나갈 준비를 시작했다.

6. 제가 반장을 하지요

문을 열고 도서관 별관 2층 책사랑 동아리 방에 들어갔다. 칠판이 있는 앞쪽 상단 벽면에는 가로로 된 현수막이 걸려 있었다. 그 현수막에는 '독서지도사 양성과정' 이라는 글자가 쓰여져 있었다. 빙 둘러 있는 책상에는 이름표와 물병이 놓여 있었다. 앞쪽 책상 가운데에 인상이 좋아 보이는 남자는 까만 양복을 입고 앉아 있었다. 그 옆에는 파마머리를 한 여자가 정장 차림으로 앉아 있었다. 그 옆으로 두 손을 깍지 끼어 책상에 올리거나, 자기 앞에 놓인 물병을 보고 있는 사람들이 있었다. 아무도 소리를 내지 않는 고요함을 뚫고

'죄송합니다.'를 작게 말하며 내 이름표를 찾아 앉았다. 문이 열리더니 한 사람이 안쪽으로 들어가 빈자리를 채웠다. 모두들 예정 시간보다 일찍 온 것이었다. 침묵이었다. 가운데 앉은 남자가

"안녕하세요. 저는 도서관 관장 김원규입니다."

하고 인사를 했다. 도서관 직원은 프로그램에 대해 설명했다. 관장님은 프로그램을 진행하게 된 사연을 이야기했다.

"독서지도사가 인기가 있는데 그 과정을 수료하는데 비용이 많이 듭니다. 그래서 공공기관에서 저렴하게 진행해 보자는 마음을 갖고 사업을 추진하게 되었습니다."라고 했다. 도서관과 서울에 있는 평생교육진흥연구회와 연계하여 고품질의 강의를 준비하였다고 했다. 이 과정을 수료한 사람에게는 도서관에서 강의를 할 수 있는 기회를 주겠다고 했다.

'좋네.' 강의 기회가 주어진다는 말에 내 심장이 먼저 반응하였다.

관장님의 말씀이 끝나고 각자 자기소개를 했다. 마이크가 옆으로, 옆으로 이동을 했다.

"저는 엄 명숙입니다. 대전에 온 지 얼마 안 되었고 현재는 독서치료사 공부를 하고 있습니다."

마이크가 한 바퀴 돌았다. 이름을 기억할 수도 없었다. 모윤숙. 최임숙. 방종숙. 김미숙. 나처럼 끝자가 '숙' 인 사람만 기억에 남았다.

"오늘은 강좌를 시작하기 전에 하는 모임입니다. 앞으로 15주 이상을 만나야 될 거에요. 서울에서 내려오시는 강사 선생님을 도와 줄 반장이 필요합니다. 추천하실 분이 있으십니까?"

몇명이 추천을 받았다. 추천을 받은 사람은 '어린 아들이 있어 안된다' 고 고사를 했다. '다른 사람이 하면 총무는 할 수 있다.' 고 했다. 추천과 고사가 반복되었다.

"반장은 선생님들에게 전달사항을 전달하고 카페를 만들어 운영하면 됩니다."

"카페?"

"……."

긴 침묵.

"아무도 없으시면 제가 반장을 하겠습니다."

"……."

목소리가 들리는 곳을 찾느라 술렁였다.

"그럼, 제가 반장을 해 보겠습니다."

목소리의 주인공이 밝혀졌다.

"와."

"짝! 짝! 짝!"

침묵을 깨고 말았다.

아침에 언니에게

"도서관에 가는데 아마도 대표를 뽑을 것 같은데 대표하라고 하면 할까?"

하고 물었다.

"이왕에 할 거면 대표해 버려."

농담이 진담이 되었다.

"잘 하실 것 같아요."

하며 박수로 나를 반장으로 받아주었다. 처음 스스로 반장이 되겠다고 해 반장이 되었다. 반장이 정해지자 총무는 서로 하겠다고 했다. 자기소개 때 우리 옆 단지에 산다고 소개한 선생님께 같이 임원이 되자고 했다. 강좌가 시작되기 전 서울에서 강사진이 내려오고 기관장과 실무진이 수강생을 만나 이야기를 나눈다는 것은 열정이라고 생각했다. 반짝이는 60개의 눈빛.

인사를 나누고 집으로 가는 발걸음이 무거웠다, 나는 컴퓨터로 글자를 치는 것보다 손으로 글을 쓰는 것이 빨랐다. 아직도 독수리 타법이었다. 그런데 카페를 개설하고 운영해야 한다고 했으니, 집에 오자마자 형부에게 도움을 요청했다. 전화번호를 눌렀다. 신호음이 갔다.

"여보세요? 형부 바빠요?"

"아니. 왜?"

"카페 어찌 만들어요?

"나도 안 만들어 봐서 모르는데."

"네 알겠어요."

'아이고, 연구원인 형부도 카페 만들 줄 모른다면 어디서 도움을 받나.' 걱정이 되었다.

남편에게 전화를 했다.

"자기야, 바쁘나?"

"엉, 빨리 용건만 말해."

"카페 만들지 아나?"

"뭔 카페?"

"아따메, 컴퓨터에 카페?"

"모르는데."

나는 검색을 했다. 설명을 따라서 해도 잘 안 되었다. 답답했다. 카페 못 만든다는 소리를 할 수 없었다. '다음' 고객센터에 전화를 했다. '안산독서샘' 카페지기가 되었다. 카페를 5년 운영하다 선생님들이 개성에 맞는 일자리를 찾아 떠나고 카페 이용이 거의 없게 되어 카페 문을 닫았다.

독서지도사 과정을 마치자 관장님은 도서관 독서회를 만들어 강의를 할 기회를 주었다. '안산독서샘 1기' 선생님들은 수료와 함께 도서관에서 강의를 했다. 후속 모임을 진행하였다. 그림책 공부를 했다. 서평도 썼다. 그리고 서울로 논술지도사 공부도 하러 갔다. 풍선 아트도 배웠다. 각자 가지고 있는 재능을 재료값만 받고 기부를 했다. 이때 함께 한 선생님들은 아이의 성장과 함께 대전을 떠나기도 하였다. 나와 최임숙 선생님은 독서 관련 일을 지금도 하고 있다. 마음이 맞는 선생님들은 계모임도 하고 가족 모두가 교류를 한다고 들었다.

도서관에서 진행한 독서지도사 과정은 책 고르기, 상징읽기, 아동의 발달에 따른 도서 교육법 등이었다. 과제물로 동극을 해야 했다. 우리 조는 『세상에서 가장 힘센 수탉』을 동극으로 만들어 발표했다. 책 내용을 먼저 대본으로 각색하고 역할을 정했다. 나는 주인공 수탉을 맡았다. 지혜로운 암탉은 방종숙 선생님이, 주인공 수탉을 이기는 검정 닭은 권미순 선생님이 맡았다. 우리는 마대 자루에 노란색과 황토색 색도화지를 깃털 모양으로 잘라 붙여 옷을 만들었다. 갈색 부직포에 빨간 주둥이를 달아 만든 모자를 머리에 썼다. 권미순 선생님 집에 모여 바느질을 했다. 무대배경으로 전지 6장을 이어 책의 마지막 회갑 잔치 장면을 그렸다. 그림에 재능이 있는 선생님이 책과 똑같이 그렸다. 동극 연습이 있던 어느 날, 수훈이를 연습하는 도서관 강의실에 데리고 갔다.

"나는 세상에서 가장 힘센 수탉이다."

세상에서 가장 힘센 수탉인 나는 우렁차게 말했다.

"하하하! 나는 도전자, 내 발톱 맛을 보아라!"

딱 한 번 출연하는 검은 수탉 권미순 선생님은 나보다 더 큰 목소리로 연기를 하였다.

"으, 이제 나도 늙었나."

"하. 하. 하. 하"

연습이 진지하게 진행되고 있는데 칠판에서 낙서를 하던 수훈이가 갑자기 뒤로 뛰어왔다.

"왜 우리 엄마 때려."

"우리 엄마 때리지 마."

하며 권미순 선생님의 다리를 밀어내며 울었다. 고무장갑을 끼고 과장 된 연기를 하는 권 선생님이 진짜로 엄마를 때리는 걸로 안 수훈이었다.

"미안, 미안 다시는 안 때릴게."

권 선생님은 웃음을 참으며 수훈이를 달랬다.

"수훈아 진짜 때리는 것 아니고 가짜야 가짜."

수훈이 눈물을 닦아주며 나도 달랬다. 우리가 너무 연기를 잘해서 발표회 때 1등을 할 징조였다. 선생님들이

"반장님 부러워."

"효자네."

하며 웃음으로 이야기해 주어 고마웠다. 독서지도사 과정을 마치고 시험을 보았다. 아직도 기억에 남는 문제는 '닭의 기원을 알리는 우리나라의 전래동화 제목을 쓰세요?' 라는 문제였다. 너무 쉬운 문제인데 못 맞춘 선생님도 있었다. 독서지도사 과정을 마쳤다. 독서치료사 과정도 마무리 되었다. 글쓰기지도사 수료증·독서치료사 수료

증·독서지도사 자격증을 땄다. 독서지도를 잘 할 수 있다는 자신감이 넘쳤다.

"자, 이제 시작이다. 기본 가락도 있으니."

자신감이 가득했던 나는 아이들을 모으기 위해 베란다 쪽에 큰 플래카드를 걸었다. 잘될 거라고 생각하고 차도 봉고차로 바꾸었다. '책 읽고 쓰고 마음도 이야기하는 수준별 독서지도'라고 플래카드를 걸고 주변 아파트단지 게시판에 광고를 냈는데 1주일이 지나도록 전화 한 통이 없었다. 2주일째 되는 날, 옆 아파트 단지에 사는 학부모에게 전화가 왔다. 초등학교 2학년 남자 아이 현진이를 가르쳐 달라고 했다.

"지금 팀이 안 되어서 기다려야 하는데요."

"저희 애 혼자 하고 싶어요."

"가격이 좀…."

"그래도 해주세요."

'팀이 구성되어야 수업이 진행된다.'고 말해 놓고는 혼자라도 해달라며 교육비를 더 준다는 말에 수업을 승낙했다. 광고를 보고 나에게 가르침을 받겠다고 연락 온 유일한 나의 수강생. 현진이는 1년 넘게 글쓰기와 책읽기 수업을 알차게 했다.

도서관에서 독서지도사 과정을 함께 했던 선생님들이 글쓰기 수업과 독서수업 팀을 구성해 내게 소개해 주었다. 4명이 모인 팀, 6명이 모인 팀, 혼자 하는 팀, 다양한 팀이 조금씩 늘어났다. 도서관 문화학교에서 학부모 문학수업도 강의하게 되었다. '내가 반장을 해도 되겠습니까?'라고 했던 말이 다른 선생님보다는 더 책임감을 느끼며 생활하게 했다. 무언가 하려면 적극성을 가져야 한다. 마음에 부담이 가고 조금 힘들겠지만 스스로 "제가 반장이 될래요."라고 자신의 속마음을 외치는 용기가 필요하다.

7. 저는 특화된 독서치료사입니다

내 인생의 전환점이 된 2004년부터 대전에서 15년째 살고 있다. 대전 YWCA 독서치료사 수료과정을 마쳤다. 대전에서 1기 수료생들이 상담 스터디를 시작했다. 후배 기수들이 스터디 모임에 참가했다.

1기에서는 나만 남게 되고 5기들이 가장 활발하게 움직였다. 후배 기수 중 일부는 서울로 심화 과정을 공부하러 다녔다. 그들은 독서치료사가 되었다. 정신분석학을 배운다고 했다. 나는 서울까지 갈 여력이 없었다. 안산도서관에서 시험을 보고 합격한 독서지도사 자격을 가지고 독서지도를 시작했기 때문이다. 다음 해 봄부터는 도서관에서 어린이 독서회를 진행하는 강사가 되었다.

책을 읽고 이야기를 나누다 보면 이들은 속상한 일도 자랑스러운 일도 자신도 모르게 이야기했다. 상처 입은 마음을 제대로 안아 주고 싶어 독서치료사 자격을 갖출 수 있게 공부하기로 결심했다.

"엄 샘! 엄 샘도 서울 가서 공부해서 자격증 따세요."

나보다 늦게 대전에서 독서치료 과정을 수료했지만 서울로 공부를 다녀 독서치료사 자격증을 받은 최 선생님이다.

"그러세요. 교수님도 괜찮아요."

"서울 학회 교육은 달라요."

"먼저 인터넷에서 3학점을 이수하고 들으세요."

독서치료사 스터디 팀의 선생님들이 나에게 빨리 자격증을 따라고 했다

"나는 조금 더 있다가, 바쁘네."

시간과 돈이 문제였다. 15주를 서울로 기차를 타고 가야 했다. 무엇보다도 가르치는 아이들과 시간을 조정해야 했다.

"샘 하세요. 엄 샘이 하시면 저도 갈게요."

몸이 아픈 수련 선생님이 재촉을 했다.

"제가 기차표 다 예매할 테니까 해요. 네?"

"……."

"혼자 하면 쑥스럽고 재미가 없을 것 같아서요, 선생님."

코맹맹이 애교다.

"수련 쌤만 믿고 시작 해볼까요?"

15주를 서울로 다녔다. 아침 7시 버스를 타고 대전역으로, 대전역에서 수련 선생님을 만나 서울로, 서울역에서 내려 지하철 혜화역으로 갔다. 처음에는 서울역에서 지하철역으로 이동하는데 밀려가는 것 같았다. 혜화역의 긴 에스컬레이터를 타고 올라가면 또 밀려갔다. 앞만 보고 걸어갔다. 혜화역을 나와 독서치료학회가 있는 명륜동 도로에서 학습지 교사들의 시위가 있었다. 10시를 10분 정도 남기고 2층 계단을 올랐다. 커피향이 우리를 맞는다. 벌써 전국에서 온 선생님들이 자리를 잡고 있었다.

'세상에 제주에서 여기까지 매주 오시다니….'

"제가 온도가 잘 조절 안 되는 병이 있어요. 날씨에 안 맞는 옷 입고 와도 이상한 눈으로 보지 말아 주세요."

피부가 까맣고 단발머리를 한 선생님이 사연을 털어놓았다.

'진짜. 왜 이리 잠바를 입었나? 궁금했는데. 다 사연이 있네.'

"서로 친하시네요? 어떻게?"

"우리 교회 형제예요."

나는 말을 하지 않고 귀를 열어두었다. 나도 수련 선생님도 입을 다물기로 했다. 수련 선생님과 나만 독서치료사 과정에 대해 잘 모르고 다른 선생님들은 아는 것이 너무 많은 것처럼 보였다.

"이번에 시험은 12월이라는데."

"교수님은 독서치료 쪽에서는 알아준다고 하던데, 역시네."

"심리검사는 진짜 어렵네요."

"시험 대비반 따로 운영한다고 해요. 우리 다 같이 신청해서 들어요."

"카톨릭대가 심리 쪽에서는 세죠."

온갖 정보들이 귀에 들려왔다.

나와 수련 선생님은 독서치료사 시험 합격이 목표였다. 6시간의 긴 수업이 끝나자마자 수련 선생님과 나는 지하철역으로 달렸다. 대전에 도착해 버스를 타고 집으로 가서 아이들 밥을 챙겨 주고 저녁 독서수업을 해야 했다. 15주 과정이 끝나고 이제는 시험을 봐야했다. 나는 시험 대비반 특강을 들었다.

"선생님, 아무것도 안 하고 시험공부만 해야 합격해요."

먼저 합격한 최 선생님의 말이다.

"아무것도 안 할 수 있는 선생님이 부럽다."

"진짜에요. 2급도 많이 떨어져요."

"긍게. 꼭 합격해야 되는데."

"상담계획서 짜는 것 연습해 가세요. 거기서 바로 하려면 어려워요."

먼저 합격한 최 선생님이 조언을 해 주었다. 자신은 시험 준비할 때 밥도 빨래도 청소도 아무것도 안 하고 오로지 시험공부만 했다고 했다.

"감사."

아이들을 재우고 시험공부를 했다. 심리학 이론을 외우고 심리검사의 결과를 이해했다. 이면지에 연필로 쓰고 그 위에 까만 싸인 펜으로 쓰고, 외우고 또 외웠다. 이면지가 라면상자 한 가득이었다.

다면적 인성검사(MMPI)의 결과 유형을 공부하는 것이 어려웠다. 전반적 지능수준, 인지 지능, 인지적 활동, 현재 기능 상태 등에 대한 평가를 위해 실시하는 '웩슬러 지능 검사' 공부는 소검사 요인구조를 외우는 것이 힘들었다.

강의를 들을 때, 검사 실습을 할 때를 떠올렸지만 결코 쉽지는 않았다. '아무것도 하면 안 되고 공부만 해야 합격해요.'라던 합격 선배들의 말이 이해가 갔다. 쓰고 외우고 중얼거리고 책상을 쳐 가면서 잠을 쫓으며 외웠다. 정신없이 공부했다. 뇌가 토할 것 같았다.

드디어 시험날이 되었다. 시험 감독관이 나누어 준 첫 번째 종이는 8절 크기의 누런 종이였다. 줄만 있고 아무 글자도 없었다. 그 종이에 답을 적는다고 했다. 잠시 후 문제가 적혀 있는 A4 용지를 받았다. 모든 문제는 주관식이었다. 1교시 문학과 독서치료 과목은 금방 답안을 쓸 수 있었다. 문제는 심리검사 과목이었다. 외우고, 외우고 또 외웠는데 생각이 나지 않았다. 빈 답지에 답을 써갔다. 3시간 동안 독서치료사 시험을 보고나니 팔목이 아팠다.

'이 뭔 짓이고, 사서 고생이네.' 빽빽하게 메꿔진 답지를 제출하면서 뿌듯함보다 밀려오는 피로감이 더 컸다. 며칠 동안 날을 꼬박 세운 눈에서 눈물이 흘렀다. 2주 후 합격이라는 전화를 받았다. 학술대회에서 자격증이 나오니 받으러 오라고 했다. 대전 YWCA 독서치료사 15주 과정도 힘들었지만 자격증 과정도 내겐 새로운 도전이었다. 드디어 독서치료사가 되었다.

나는 임상심리사 자격시험을 보기 위해서는 1년 동안 임상전문가에게 수련을 받아야 하는데 수련 과정에 함께 할 여섯 명의 선생님들을 모으는 중이라는 소리를 듣게 되었다. 하고 싶다는 마음에 심장이 뛰었다. 그런데 1년 수련비가 만만하지 않았다. '하자, 제일 어려웠던 심리검사 부분도 보충하고 심리학의 꽃이라는 임상심리까지 도전이다.' 용기를 내어 나는 임상심리사 스터디 팀을 꾸리는 김현숙 선생님께 조심스럽게 물었다.

"혹시 저도 할 수 있을까요?"

"진짜요? 같이 해요."

이때 나를 임상심리사 스터디팀에서 함께 공부하도록 도와 준 김현숙 선생님, 감사해요.

이번에는 임상심리사가 되기 위해 1주일에 한 번씩 꼬박 서울로 다녔다. 이번에는 혼자였다. 버스를 타고 양재역에 내려 3호선을 타고, 2호선으로 갈아타고 서초의 빌딩 숲을 걸어갔다.

대전에서는 독서치료사 자격을 가지고 안산도서관을 거점으로 '안산 독서치료 연구회'를 만들어 활동을 시작했다. 집단독서 치료 워크샵에 참여도 하고 서울에서 활동하는 임상심리 전문가를 초빙하여 심리검사 세미나를 대전에서 열기도 했다.

다양한 형태의 워크샵도 여러 번 진행하였다. 심리검사법과 드라마 치료를 배우면서 동료들과 나는 성장하였다. 독서치료사가 되어 책을 상담매체로 사용하며 많은 사람들을 만났다. 임상심리를 공부하면서 '독서치료사'라는 상담사의 길을 가는 길에 전문성을 갖춰야 했다.

"저는 전문성을 갖춘 특화된 독서치료사입니다."

라고 자신 있게 말 할 수 있기 위해 노력했다. '안산독서치료연구회' 선생님들과 책을 읽으면서 문제 상황별 도서 목록을 만들어 나갔다.

예를 들면 '자존감' 관련 도서에는 『세상에서 하나뿐인 특별한 나』 『 프레드릭』『나는 내가 좋아』를 『소피가 화나면, 정말 정말 화나면』 『눈물 바다』는 '감정' 관련 도서로 분류하는 것이다. 선정한 책으로 발표도 하고 동료와 함께 내담자가 되어보거나 상담자가 되어 상담도 해 보았다. 이런 노력들이 쌓여가면서 나는 상담사의 길을 걸어가고 있었다.

   '사람이 마음으로 자기의 길을 계획할지라도 그의 걸음을 인도하시는 이는 여호와시니라' 는 하나님 말씀이 있다. 내가 걸어가는 길을 항상 예비해 놓으시고 언제나 동행하여 주시는 하나님께 감사하며 나는 지금 이 글을 쓰고 있다.

제2장
책이 주는 선물

A gift from a book

제 2장 책이 주는 선물

　나는 국가가 인정하고 관리하는 상담자격증인 임상심리사와 청소년상담사 자격증을 가지고 있다. 또 민간 상담학회에서 인정하는 다문화 상담사, 집단상담전문상담사, 애니어그램상담사 등 상담 관련 자격도 가지고 있다. 상담현장에서 '인지정서행동(REBT)' 이론을 바탕으로 상담을 하고 있다. 이때 책을 매개물로 사용한다. 책이 주는 치유의 힘을 알기 때문이다.

　『앵무새 죽이기』를 쓴 하퍼 리는 말을 사랑했다고 들었다. 말이 만들어내는 소리도 사랑했다고 했다. 말을 조합해서 문장을 만들면 사람들을 위로해 줄 수도 있고 짜증나게 만들 수도 있어 좋아했다고 한다. 하퍼 리는 한 권의 책으로 세상을 바꾸었다. 나도 하퍼 리처럼 말의 힘을 믿는다. 책에는 의미 있는 말이 모여 있다.

　나는 2004년에 책과 관련된 공부와 일을 시작했다. 도서관에서 책과 관련된 독서 강의와 어린이 독서 프로그램을 진행하였다. 현장에서는 책이 가지고 있는 힘을 느낄 수 있었다. 가장 강렬한 힘은 '책은 우리네 삶과 소통한다.'는 것이었다. 내가 만난 어린이들은 책을 읽으면서 책 속 인물들과 대화를 하고 그들을 위로하고 격려하면서 자신들의 경험을 털어놓았다. 내가 만난 아이들은 성장했고 자신의 문제를 스스로 해결하기도 했다. 아이들을 보면서 나는 책 속에 숨은 말의 힘을 더 믿게 되었다. 독서치료는 상담이다. 일반 토크 상담과 다른 점은 매개물로 책을 사용한다는 것이다. 내가 좋아하는 책은 내게 많은 선물을 주었다.

1. 치유하는 힘

　교육대학원 상담심리교육학과 석사과정 학생, 오전 10시 도서관에서 성인대상 문화학교 강사, 교회 남자 중고등부 교사, 밤 10시 30분 고등부 국어영역 과외 선생님, 밤 8시 중학생 독서지도 논술선생님, 고3 수험생 엄마, 사회학습기관에 지원할 프로그램 개발자, 토요일 독거노인 자원봉사, 청소년 관리교사, 임상심리사 시험 준비생, 명절이면 일찍 내려가 음식하는 며느리, 뇌출혈로 우리 집 옆으로 이사 오신 친정아버지 돌보는 딸, 중3 아들과 전쟁을 치루는 엄마, 도서관 독서회 강사가 2014년 내가 맡은 역할이었다. 등에 땀띠가 나도록 일했던 그 여름 나는 몸이 완전 파김치가 되었다.

　10년을 날짜보다는 월·화·수·목·금·토로 살았다. 날짜를 물어보면 며칠인지 답을 할 수 없었다. 학부모가 준 군청색 다이어리는 너덜너덜했다. 앞쪽 일정표는 월요일부터 토요일까지 기본수업은 검정색, 도서관 여름방학 특강이나 독서회는 분홍색, 학교 일일특강은 노란 색연필, 가족의 생일은 붉은 동그라미로 꽉 차 있었다. '다람쥐 쳇바퀴 돈다.'라는 말처럼 돌고 돌았다. 경차도 한 대 구입했다. 독서지도를 받는 아이들이 기다리는 곳으로 이동하느라 황금 사과 빛 아토스는 고생이 많았다.

　아이들을 만나다 보면 집에 돌아오는 시간이 많이 늦었다. 중3 아들이 불도 안 켜고 컴퓨터를 하고 있을 것을 생각하면 마음이 초조해졌다. 내가 집에 들어오기 전에 집에 들어와 아들을 지켜보라는 것 외에는 나는 남편에게 아무것도 바라지 않았다. 딱 한 가지 아들을 좀 지켜달라는 내 부탁을 남편은 중요하게 생각하지 않았다. 남편은 색소폰 학원을 다니느라 매일 귀가가 늦었다. 미움과 원망이 내 마음을 채워 나가니 남편에게 부드러운 말 대신 나는 화로 가득한 말을 쏟아내고 있었다.

"놔 둬. 수훈이가 애야? 스스로 하게 두라고."

그냥 두라는 남편의 말에 화가 올라왔다.

"스스로 못하니 지키라고 하는 거잖아!"

내 목소리가 어둠을 뚫고 나갔다.

"5분 늦었다."

남편은 짧게 낮은 목소리로 말했다.

"공부를 가르치라는 것도 아니고 책 보면서 옆에 있으라는 건데 그것도 못 해주냐고? 색소폰이 중요해? 아들이 중요해?"

남편은 말을 못했다.

"야! 너 때문에 내가 엄마한테 소리를 들어야 되겠냐?"

아들을 향해 내뱉는 남편의 목소리가 높았다.

"……."

아들은 고개만 숙이고 말이 없었다.

"혼자 못하니까 부탁하는 거지. 컴퓨터 유혹을 못 이기니까 도와 달라는 것 아냐."

아들 눈치가 보여 나도 목소리를 낮추었다.

"알았어."

남편도 소리가 작아졌다.

중3 아들 수훈이는 컴퓨터를 너무 사랑했다. 게임의 중독성 위험을 아는 나는 불안했다. 경제를 책임지고 쉴 새 없이 밖에서 활동하던 나는 수훈이를 제대로 키우지 못 하는 것 같았다. 고 3때도 PC방에 드나들어 나를 힘들게 했지만 지금은 게임을 완전히 끊었다. 도서관 성인강좌는 오전 10시에 시작을 했다. 새벽 3시까지 임상심리사 시험

공부를 하고 독서지도에 쓸 교안을 만들다 보면 날이 밝았다. 이른 새벽에 내려오는 눈꺼풀을 이기지 못하고 나는 거실에서 잠들거나 공부방 책상에 엎드려 잠이 들었다. 고3 딸이 아침에 일어나 학교 갈 준비를 하는데도 못 일어났다. 딸이 나가는 소리를 들으며 잠이 덜 깬 목소리로

"잘 갔다 와. 미안해."

하면

"엄마, 더 자."

하고 문을 열고 나갔다. 지금 생각하니 난 참 부족한 엄마였다. 고3 딸의 아침밥을 몇 번 안 챙겨주었으니 말이다. 1주일에 이틀 나가는 대학원 공부는 심적 부담감을 주지는 않았다. 대학원을 가게 된 이유는 도서관 같은 평생 학습기관에 대학교수뿐만 아니라 연구원들도 강좌를 진행하기 시작했기 때문이었다. 자격증과 함께 전문성을 갖춰야 할 필요성을 느꼈다. 먼저 대학원 수업을 2학기 한, 송 선생님의

"그다지 어렵지는 않아요. 상담에 도움도 되구요."

라는 은근한 권유와 박 선생님, 최 선생님의

"엄 샘, 함께 시작해요."

라는 권유도 있었지만 딸의

"엄마, 공부하세요. 엄마가 공부하는 것을 무조건 전 찬성해요."

라고 말해 준 딸의 지지에 나는 다시 학생이 될 수 있었다.

2012년 도서관에서 성인 독서지도를 하고 있었다. 전화기 진동이 계속 울렸다. 쉬는 시간에 전화기를 들고 복도로 나갔다. 둘째 언니였다.

"명숙아, 아버지 앰뷸런스 타고 대전 선병원에 오시는 중이다."

"왜?"

"아버지 어제 술 많이 드셨나 보더라. 아버지가 몸이 이상해 병원

에 갔데. 큰 병원 가라고 했다고."

"에이고."

"그래서 대전으로 오시라 했다. 수업 끝나고 집 와라."

"엉."

시골에 홀로 계시던 아버지가 병원에 입원하셨다. 돌볼 사람이 없는 아버지를 언니랑 내가 있는 대전으로 모셨다. 아버지는 3개월 병원에 입원했다가 우리 집으로 퇴원을 하셨다. 한 달에 한 번씩 회복되는 과정을 지켜봐야 한다고 했다. 딸 방이 아버지의 거처가 되었다. 나와 수훈이와 딸은 거실과 안방을 생활영역지로 삼았다.

아버지를 우리 집 바로 옆 동 1층에 전셋집을 얻어 모셨다. 시골로 다시 내려갈 수 없었다. 언니와 나는 틈나는 대로 아버지를 살폈다. 아침이 조금 여유로웠던 나는 국과 반찬을 해서 나르고 나머지는 언니가 했다. 아버지가 많이 건강해지셨다.

그 후 8년이 지나갔다. 세월 따라 약해지는 아버지시지만 우리 집 옆 놀이터 의자에 앉아 계신 모습을 볼 수 있는 날은 안도가 된다. 아버지는 여든 여섯 살이시다. 건강하게 사시면 하는 바람이다.

일에 치여 사는 나를 보고

"엄 샘은 언제 쉬어?"

"우리는 못 한다. 가운데 부처가 있어."

라고 선생님들이 말을 한다. 나는 웃기만 한다.

"할 수 있는 선에서만 하는 거지요."

'할 수 있는 선은 어디까지 일까?' 지치고 지친 내가 푹 빠지는 것이 있다. 책읽기다. 우리 집 거실은 양쪽에 책이 가득 있다. 계속 사들이는 책 때문에 책 위에 책이 쌓였다. 공부방에도 책이 있다. 수훈이 방에 붙박이장에도 책이 있다. 한 번씩 정리해 남에게 주는 책들도 내 손을 거쳐갔다. 독서치료 상담을 하다 보니 그림책도 많아졌다. 순정 만화도 있다. 만화 속 인물들은 펜 끝으로 그려서인지 섬세하다. 인물들 표정이 살아나 나에게 말을 건다. 함께 사랑하고 함께 슬퍼하자고…. 만화는 만화대로 매력이 넘친다.

"안 지치나?"

남편은 미안함과 나를 염려하는 마음을 담아 한 마디 말을 했다.

"아저씨도 읽어 보지? 색소폰보다 천 배는 영양가 있으니까?"

나도 목소리에 장난기를 담아 응답해 주었다.

내가 소장하는 책에는 만화만 있는 것이 아니다. 박경리 선생님의 『토지』와 『태백산맥』을 포함한 조정래 선생님의 작품도 있다.

나는 책을 피곤할 때 폭식하듯 읽었다. 30권을 쌓아놓고 그냥 읽는다. 말 그대로 그냥 읽었다. 아무 생각도 안하고 물만 마시고 책 속에 빠졌다. 내가 책을 쌓으면 나에게 말을 건네지도 말라는 신호였다. 이틀 책을 읽으면 팔이 아프다. 삼일 째는 책은 이불 위에 놓인다. 손가락을 최소한 움직여 책을 넘긴다. '누가 책을 넘겨주면 좋겠다.' 몰입해 책을 읽고 나면 무언가 빠져나간 것 같다. 책을 폭독하는 동안 나는 일체의 집안일을 하지 않았다.

빨리 도서관 수업을 하고 돌아와 옷만 갈아입고 고대로 이불 위에 배를 대고 책을 읽었다. 내가 쉬는 것은 책을 읽는 것이었다. 책 속에서 살아가는 인물들의 삶에 비해 나는 덜 고달프다는 것을 확인하는 작업이었다는 생각이 든다.

누구에게 들었는지 기억이 안 난다. '세종대왕은 어린 시절 아버지와 엄마의 다툼을 보고 듣고 싶지 않아 책으로 도망가 성군이 되었다.'고 했다. 현명한 스트레스 해소법이었다는 생각이 들었다. 책은 치유하는 힘이 있다. 책 속에 인물과 대화하며, 나를 돌아보고 그들의 삶에 현재의 나를 투영하기도 했다.

"나는 이 책이 있어서 삶의 무게를 견디어 냈다."고 말 할 수 있다.

"책은 자연스레 나의 아픔을 풀게 하는 치유 약이다."고 말 할 수 있어 지금 행복하다.

2. 자원봉사의 힘

2005년 도서관에서 매주 화요일 오후 초등학교 4학년 아이들을 대상으로 12회 NIE 강좌를 진행했다. 도서관 담당자는 강사료를 지급하지 못해 미안하다고 했지만 나는 정말 감사했다.

신문의 만화를 주제로 이야기 하기, 신문 낱말 일기 쓰기, 신문지로 공과 방망이를 만들어 야구하기, 신문에 소개된 책 광고 글쓰기, 활동 후 소감 다섯줄로 표현하기, 어린이 기자가 쓴 기사를 읽고 기자되어 글써보기 등 다양한 수업을 했다.

지도하는 내가 생각지도 못한 무궁무진한 창의적 발상에 감탄을 한다. '설사는 녹아내리는 똥'이라고 새로운 낱말 정의를 내리는 그 발상을 존중해 주어야 했다. 절로 감탄이 나왔다. NIE 프로그램이 만족도가 높게 나와 다행이었다. 도서관에서 내가 처음 봉사한 시간이었다. 이 봉사가 기초가 되어 도서관 강의를 조금씩 하게 되었다.

대전YWCA 독서치료 과정을 수료한 선생님을 중심으로 '안산독서치료연구회'를 만들어 활동을 했다. 이 모임의 멘토는 동화작가이자 독서치료사인 명창순 선생님이다. 회원들은 열심히 상담공부를 했다. 심리지원 프로그램을 개발하여 우리 도움이 필요한 곳에서 상담을 진행했다.

보육원에서 마지막 상담을 하고 나오는데
"선생님, 나는 책이 좋아요. 또 오세요."
상담기간 동안 가장 수줍어하고 형들에게 치이던 영종이가 나에게 또 오라고 했다. 눈물이 났다. 영종이가 먼저 말을 걸어주다니.
"선생님, 제가 계속해서 여기와도 될까요?"

생활관 담당 선생님께 말을 했다.

"프로그램 다 끝나셨잖아요."

생활관 담당 선생님은 당황해 하셨다.

"기존 프로그램과는 관계없이 아이들을 만나러 오고 싶어요."

"저희는 감사하죠. 정말 와 주신다면."

"그러면 다음 주부터 지금처럼 계속 오던 시간에 올게요. 아이들과 책도 읽고 지금처럼 마음도 나누고요."

"경제적인 도움은 저희가 드릴 수가 없어요. 선생님."

"괜찮아요."

이렇게 시작한 봉사가 5년간 지속되었다.

만나는 대상은 바뀌었지만 언제나 나를 반기는 아이들이 있었다. 아이들은 책을 읽고 자신을 표현하는 것을 좋아했다.

"선생님, 나는 책이 좋아요. 또 오세요."

라며 나를 붙잡았던 영종이는 중학생이 되었을 때까지 만났다. 지금 잘 있는지 궁금하다. 5년 동안 한 곳에서 자원봉사를 하며 세상에 모든 아이들은 행복해야 한다는 것을 배웠다. 산자락에 자리 잡은 보육원에서 만난 친구들, 경제위기 때문에 부모의 곁을 떠나 보육시설에 와 있던 친구들의 얼굴이 지금도 생각이 난다. 보육원 친구들을 만나고 오는 날은 가슴이 아팠다.

"아빠가 데리러 온다고 했어요."

"오늘 우리 엄마가 와서 같이 잘 거예요."

"오늘 학교 갈 때 민혁이 형이 때렸어요."

"시험 못 봤다고 놀려요."

아이들의 목소리가 지금도 귀에 들리는 것 같다. 아이들의 이야기를 들어주었다. 가지고 간 동화책을 읽어주었다. 아이들은 단체 생활의 규칙을 잘 지켰다. 서로에게 힘이 되기도 했다. 원장님과 선생님들이 참 따뜻했다. 그곳에 있는 다른 친구들도 알게 되었다. 아이들은 자랐고 나도 내 삶에 바쁘다 보니 자원봉사를 그만 두게 되었다.

처음 자원봉사 때는 상담자와 내담자의 역할이 구분되어 있었는데 시간이 갈수록 상담자와 내담자가 아닌 마음을 만져주는 엄마가 되어있었다. 자원봉사를 하는 동안 영종이를 우리 집에 초대하려고 했다. 담당 선생님이 지속적으로 가정을 체험하는 것이 아니면 영종이에게 혼란이 올 수 있다고 했다. 영종이를 집에 데려와 주말을 보내는 것을 포기했다. 책을 통한 자원봉사, 책은 아이들의 마음의 문을 열게 했다. 아이들은 책 속 주인공이 가지고 있는 능력들을 소환해 자신의 상황을 벗어나는 경험을 하거나 그 주인공의 아픔에 자기를 투사하기도 했다. 말하지 않아도 아이들은 책을 통해 힘을 얻었다. 나는 아이들이 성장하는 모습을 보면서 책의 힘을 실감했다. 책을 매개로 한 자원봉사를 하면서 아이들은 아플 수도 있지만 그 아픔을 극복할 힘도 있는 존재라는 확신이 들었다. 그 아이들이 안전하게 생활할 수 있는 사회를 만들어야 한다는 생각도 굳건히 했다. 세상에 온 아이들이 소중하다는 것을, 또 집에 있는 수훈이도 충분히 잘 자라고 있다는 믿음을 갖고 기다려 줘야한다는 것을 다짐했다.

나를 만났던 친구들의 이름을 불러본다. 까만 피부에 커다란 눈을 가지고 물건에 애착을 보이던 성규야! 말보다 손이 먼저 올라가지만 마음이 비단결 같던 민혁아! 먹어도 먹어도 살이 찌지 않고 늘 배고파하던 순둥이 영종아! 지금도 산비탈 아래 있는 주황색 지붕의 보육원 건물을 가끔 지나간단다. 그 겨울 산에 올라가 눈을 모아 썰매를 타던 날이 생각난다. 잘 있는 거지? 나는 너희를 믿는다.

3. 그래, 책이야

아프리카 가나 아샨티(Ashnti)지역의 한 마을에는 '아이를 키우려면 온 동네의 노력이 필요하다.'는 속담이 있다. 그만큼 아이를 바르게 건강하게 길러내려면 온 사회의 손길이 필요하다는 의미일 것이다. 온 동네의 노력을 나는 도서관에서 종이책으로 만났다. 우리 아파트에서는 '사람 책'도 만날 수 있었다. 우리 집은 복도식 아파트다 보니 여름철에는 문이 열려 있는 집이 많았다. 자연스레 고개가 돌아갔다. 저녁을 준비하는 시간이 되면 음식 냄새도 밖으로 나왔다.

'오늘은 청국장이네.'

'아, 갈치조림.'

군침을 삼키며 복도를 지나갔었다. 옆집 할아버지가 지나가는 우리를 보고

"수훈아, 이리 와라. 요구르트 하나 먹고 가!"

하며 부르셨다. 수훈이는 얼른 문으로 들어가 요구르트를 받았다. 성태집도 문이 열려 있었다. 텔레비전 소리가 들렸다.

"수훈아, 자 과자."

성태가 내미는 포도 맛 마이구미도 받았다. 집에 도착하면 수훈이의 손에는 먹을 것이 가득이었다. 어린이집 가방에는 청포도 사탕도 몇 개 들어 있다.

집 문을 열고 나와 조금만 걸으면 안산도서관이 있다. 이곳이 나와 우리 아이를 키워낸 곳이다. 안산도서관 어린이 자료실에서 2004년 그 여름을 수훈이와 함께 이겼다.

도서관에서 책을 빌릴 수 있는 노란색 도서대출증을 만들었다. 책을 10권을 빌렸다. 가방에 담아 집에 와서 엎드려서 읽기도 하고 앉

아 읽기도 했다. 가끔 반납일을 잊어버리기도 했다. 반납 못한 책 대신 책값을 변상하는 일이 몇 번 있었다. 이런 일이 생기지 않도록 나는 도서관에서 대출한 책은 책꽂이에 꽂지 않고 책 바구니에 따로 보관했다. 도서관에 가서 필요한 책을 찾아 읽다가도 소장하고 싶은 책은 구입했다. 도서관은 다양한 책을 마음껏 골라 읽을 수 있어 좋다.

힘든 노동으로 생계를 책임지던 아버지이셨지만 우리들에게 전래동화 전집과 한국단편문학 전집을 사주셨다. '1년에 네 키 정도는 책을 읽어야 한다.'며 아버지가 어린 나에게 했던 말이 가끔씩 생각났다. 몇 학년 때 그 말씀을 하셨는지 정확히 생각은 안나지만 이 말은 가슴깊이 새겨져 있다. 만화을 보면서 킥킥대는 수훈이를 보면서 만화책을 보아도 책을 안보는 것보다 낫다고 생각해 그냥 두었다. 대신 대출을 할 때는 그림책을 빌려왔다. 수훈이가 초등학생이 되면서부터는 도서관에서 책을 보는 횟수가 줄어들었다. 아들 수훈이는 도서관에서 하는 문화학교 프로그램에 참석하고 독서회 활동을 했다.

2005년 여름에는 조카 둘, 내 아이 둘, 나 이렇게 다섯이 한 팀이되어 도서관 프로그램에 참석해 1등 상도 받았다. 우리 활동이 텔레비전 뉴스에 나왔다. 지금도 조카는 그 일을 기억하고 있다. 갑사에서 이뤄진 도서관 프로그램은 아이들에게 좋은 추억이 되었다. 도서관에서 책을 읽고 그 책 속에서 아이들은 세상을 만났다. 책을 통해 가보지 못한 세계여행도 떠났다. 책에서 위로를 받았다. 시·공간을 초월하여 책 속 인물과 소통하고 작가와 만났다. 종이책의 매력에 빠졌다.

우리 아파트에는 대전 토박이 어르신이 많았다. 옆집 어르신도 토박이다. 우리 통장님도 그렇다. 아파트 단지가 모여 있는 곳이라 집에

있을 때 보면

"감자가 왔어요. 감자, 수미 감자."

"마늘 서산 육 쪽 마늘이 왔어요."

"영광 굴비가 왔어요. 저렴한 가격에 모십니다."

"고구마 호박 고구마."

트럭에서 먹을 것을 사러 나오라는 소리가 들려왔다. 계절에 따라 파는 품목도 다르다. 어떤 트럭은 방송을 하지 않아도 사람들은 앞 주차장에 모여들었다

"과일은 유원 쪽 트럭 과일이 맛있어."

통장님이랑 어르신들이 전해 주는 유용한 정보였다.

"서산 마늘이 좋아."

"장노 잎을 따다 장아찌 만들어 봐 엄청 맛있다니까. 옛날에는 이 것이 애 떼는데 약으로 쓰였어."

"요 앞에 질경이 어린잎 따다가 살살 볶아 먹으면 소변 소태에는 단방약이야."

트럭을 빙 둘러선 어르신들은 아는 것도 참 많았다. 트럭에 실린 과일이나 채소를 보고 이야기를 나눴다. 나는 조금 떨어져 할머니들 이야기를 듣고 있었다. 어르신들이 고르는 것을 유심히 보다가 어르 신들이 주머니에서 돈을 꺼내러 물러나면 트럭 앞으로 다가갔다. 암 만 봐도 어떤 것이 좋은 건지 모르겠다. 가끔 트럭을 이용했지만 어 르신들의 말씀을 귀 담아 들었다가 마트나 집 가까이에 있는 법동 전 통시장에서 물건을 살 때 참고한다.

"수훈아, 저 참새 새끼는 한 눈 팔고 있지. 저놈 고양이 한 번 봐 라."

"……."

"저 참새는 고양이 먹이가 된다."

"왜요? 할아버지."

"고양이가 웅크리고 있잖아. 저 참새 노리는 거다."

고양이와 참새를 지켜보는 송희 할아버지와 수훈이었다.

"봐라. 고양이가 뛰지."

포르르 참새가 날아갔다.

"한 눈 팔다가는 고양이 먹이가 되는 거야. 저 놈은 다행히 친구 참새가 알려줘서 살아 난 거지."

"……."

"너도 길 갈 때 한 눈 팔고 다니면 큰일 난다. 좌 우 살피고."

"네."

'사람 책'은 살아온 경험을 들려주었다. 집 가까이 도서관이 있어 종이책으로 세상을 만났고, 좋은 이웃을 통해 현장에서 생생한 정보와 경험을 듣고 지혜를 배웠다. 그래, 책이다. 책이야말로 나에게 일자리를 주었고 셀 수 없는 많은 만남을 주었다. 수훈이를 가슴 따뜻하고 감성이 풍부한 아이로 자라게 했다. 어린 수훈이는 나에게 기적 같은 예쁜 말을 들려주던 아이였다.

"엄마 차에 떨어지는 빗소리가 노래해요."

"은행금길에서 냄새가 나요."라고

4. 읽고 쓰고

거실에 있는 책꽂이 맨 위 칸에 클리어 파일들이 꽂아져 있다. 나는 이 글을 쓰면서 팥죽 색깔의 클리어 파일을 꺼내었다. 파일을 펴니 서평쓰기 인쇄물이 있다. 잠시 글을 읽어보았다. 웃음이 나온다. 독서지도사가 되고 쓴 결과물이다. 독서지도사가 되어 아이들을 가르치기 위해 읽었던 책들의 서평이다. 지금 다시 봐도 열정이 느껴진다. 앞에 쓴 서평은 책 제목이 되었는데 뒤로 갈수록 서평 제목이 달라지고 있다. 이금이 작가가 1999년에 쓴 성장 동화인 『너도 하늘 말나리야』는 제목이 '아픔을 딛고 일어선 진정한 성장'이다. 읽고 쓰던 내 모습이 보인다.

내가 이때 읽은 책에 가장 감명받은 책이 『조커 - 학교가기 싫을 때 쓰는 카드』였나 보다. 다른 서평들은 한 장으로 끝나고 있는데 이 책의 서평은 두 장인 것을 보니 이 서평의 제목은 '내 인생의 노엘 선생님'이다. 서평은 이렇게 쓰기 시작했다.

『조커』를 서평으로 쓰려고 다시 만나니 주제를 갖고 접근 하는 것과 그냥 읽는 것의 차이를 실감한다. 『조커』를 읽다 소파에 두었는데 딸아이가 몇 페이지 읽더니,

"아! 나도 이런 조커가 있으면 좋겠다." 한다. 딸에게는 학교가기 싫을 때, 자기가 하고 싶은 것, 마음을 표현하는 조커가 반가웠으리라. 내 어린 시절을 돌이켜 본다. 노엘 선생님이 계셨나? 우리 집은 학교 정문과 길 하나를 사이에 두고 집 대문이 마주보고 인사하는 것이다. 속담에 이르기를 엎어지면 코 닿는 곳이 우리 집이다. 초등학교 6년을 지각하고 싶어도 지각할 수 없는 곳이 우리 집이다.

중간 부분은 초등학교 5학년 담임 선생님이 너무 잘 해주었다는 내용과 선생님이 그립다는 내용이 한 단락을 이루고 있다. 다른 단락은 6학년 담임 선생님은 내 어린 사춘기의 문을 열게 한 비운의 선생님이라고 하며 선생님이 내게 마음의 상처를 준 사건을 기록하고 있다. 그리고 6학년 담임 선생님의 사모님이 내 상처를 따스함으로 치료해주었다는 내용이 그 뒤를 이어 한 단락을 이루고 있다. 내 인생의 진정한 '노엘' 선생님은 못 배우고 가난하지만 우리 오 남매를 길러 낸 부모님이라고 말하고 있다. 서평의 마지막 단락은 이렇게 쓰여져 있다.

'내 인생의 노엘 선생님인 우리 아버지는 칠순이 넘었고 우리 엄마도 칠순을 넘었다. 오늘 밤은 꿈 많던 고교시절로 돌아가 달 밝은 논둑길을 걷고 싶다. 노엘 선생님의 말씀처럼 우리는 살아가는 동안 수많은 조커를 적절히 사용 할 줄 아는 여유 있는 사람이 되어 참사랑으로 인생이라는 천에 행복이라는 수를 놓을 수 있으리라.'

독서지도를 위해 읽었던 책, 나는 그 속에서 아주 먼 옛날 학교 도서관에서 전래동화를 읽으면서 행복했던 시간들을 다시 만날 수 있었다. 초등학생 대상의 책이지만 책에는 인생이 있었다. 책을 읽고 이야기 나누고 글로 쓰면서 나는 늦은 성장을 하고 있었다. 서평쓰기를 하던 나는 우리 아이에게도 글쓰기를 하게 했다. 『우리 모두 시를 써요』와 『어린이 시 이야기 열 두 마당』을 읽고 시를 읽은 소감을 기록한 글과 함께 딸의 시가 적혀져 있다.
딸의 시 제목이 '음식쓰레기' 다.

음식쓰레기는
난 싫어요

그렇지만 내가

먹은 것이라

나는

음식쓰레기 버리러 가면

토를 해요

동생은 웩~ 웩~

아

정말 싫어요.

지금 읽으니 진짜 음식쓰레기 버리기가 싫었을 어린 딸과 수훈이의 모습이 그려진다.

인표도서관에서 독서지도 자원봉사를 하고 있었다. 그때 인표도서관 사서선생님께서

"수필가와 함께하는 문학읽기 수업에 참석하실래요?"라고 물었다.

"특별히 자원봉사 선생님은 무료로 들으셔도 되어요. 우리 아이들 자원봉사도 해 주시잖아요"라고 하면서

"저야 감사하지요."

내가 읽어 알고 있던 문학작품들을 새로운 관점에서 접근을 하는 문학수업이 꽤나 재미있었다. 예를 들어 『어린 왕자』는 상징성을 해석하는 방법으로 수업이 진행되었다. 어린왕자가 자신의 별을 떠나 만나는 사람들은 현실에 존재하는 사람들을 상징하는 것이고 매일 분화구를 청소하는 것은 우리가 꼭 해야만 하는 일을 상징한다는 것이었다. 상징성을 풀고 다시 읽으니 심오한 철학서가 되었다. 책속 명구들이 보물처럼 빛났다. 새로운 관점에서 책을 보게 되었다. 10여 권의 책을 수필가 선생님과 함께 공부하면서 깊이 있는 책읽기의 즐거

움을 알게 되었다. 인표도서관에서 강좌가 끝나고 그 수업에 참여했던 선생님들 몇 분이 지속적으로 공부하고 싶다는 뜻을 밝혔다. 10명의 인원이 모이면 수필가는 독서수업을 진행하겠다고 했다. 매주 3시간씩 15회 한국단편문학을 공부 했다.『금수회의록』부터 시작하여 각 시대를 대표하는 문학작품을 읽었다.『운수 좋은 날』『감자』『탈출기』등을 읽었다. 관련 논문이나 자료를 찾아 작품을 분석하여 발표하고 작품 감상문도 써 가야했다. 1910년대 한국문학부터『삼포 가는 길』『무진기행』『난쟁이가 쏘아 올린 공』등 60년대, 70년대 문학으로 옮겨갔다. 한국 현대사를 문학을 통해 만났다.

내가 성장하면서 가르치는 아이들도 중학생·고등학생으로 바뀌었다. 수준별 독서지도 교안도 만들어 나갔다. 최근 나온 책을 읽어 책을 선택해 교안을 만들었다. 15주 과정을 마치고 수필가가 운영하는 독서·논술학원에 1주일에 한 번 나가 아이들을 가르쳤다.

우리의 삶은 가는 과정 중에는 어떤 길로 갈 지 판단 할 수 없는가 보다. 독서지도를 평생의 업으로 삼을 것 같았던 선생님들은 각자 개성에 맞는 다양한 일을 하고 있다. 같은 책을 읽고 감상을 나누었던 그 시간만큼은 책으로 인해 행복했다. 그러니까 서로 다른 일을 하거나 오랜 시간이 지났어도 함께 책이라는 공통분모가 있으니 지금도 만나는 것이 아닐까?

나는 책을 읽고 글을 쓰고 책이 주는 즐거움에 빠졌다. 책 속에서 단단해졌다. 이 과정이 내가 독서치료사, 상담사로서 가는 길에 도움이 될 것이라고는 이때는 몰랐다. 상담 장면에서 책의 상황과 비슷한 경우에 놓인 내담자를 만날 때가 많았다. 책을 읽으면서 느꼈던 감정들이 내담자를 이해하고 상담 장면에서 내담자에게 반응할 때 도움이 되었다.

5. 기다려지는 독서모임

　매월 마지막 주 목요일은 독서모임 '플라톤'이 있는 날이다. 도서관에서 진행했던 인문학 수업을 들은 수강생들이 후속 모임으로 만든 책 읽는 모임이다. 2017년부터 시작한 독서모임으로 독서치료사 상담도 하고 강의도 하고 있지만 한 달에 한 번씩 회원이 정한 책을 읽어 내는 이 모임은 빠지지 않고 참석하려고 노력하고 있다.

　책을 매개로 상담을 하는 나에게는 책은 필수품이다. '플라톤'에서 읽었던 책은 인문학 사고를 하도록 하며 어떤 삶을 살아야 되는지 생각하게 하였다.

　〈길 위의 인문학〉 강좌에서 강의를 하셨던 두 분의 교수님도 이 독서 모임의 구성원이시다. 두 교수님이 번갈아 가며 책에 대한 설명을 해주었다. 주 교수님은 문학을 전공한 프랑스 유학파 문학가이시며 번역가이시다. 그래서 문학관련 도서를 읽을 때 도움을 주신다. 정 교수님은 독일에서 경제학을 전공하셨다. 사회과학 책을 읽을 때 많은 설명을 해 주셨다. 흰머리를 날리며 잠바에 백팩을 메고 운동화를 신고 나타나는 교수님은 소박했다.

　"사는 게 다 그렇지. 있는 대로 사는 거지."

　"생각을 하고 사는 것하고 그냥 사는 것은 다르지."

　도서관 별관에 불이 켜져 있었다.

　"헉, 헉"

　뒷문을 열고 들어갔다. 미안함에 허리를 굽히고 조용히 의자를 당겨 문 쪽에 앉았다. 독서회 선생님도 눈으로 인사를 해 주었다. 다른 곳에서 상담을 진행하고 오기 때문에 플라톤 독서모임에 언제나 늦게 들어갔다. 10여 명이 각자 책을 갖고 있었다. 포스트잇이 붙어 있는 책을 갖고 있는 선생님도 있다. 내 책에는 줄이 그어져 있다. 자리에 앉는 동안 잠깐 멈췄던 이야기가 진행되었다.

"자, 이어서 정숙 샘부터."

주 교수님이 토론을 이어갔다.

"읽기가 굉장히 불편했어요."

"보봐리 부인의 사랑이 현대 여성보다 적극적인데, 그 시대도 가능했을까 싶어요."

큰 현 자매의 말이었다.

"딸의 운명은 어떻게 될지…."

작은 현 자매도 한 마디 하였다.

"잘 들어오지 않았어요. 참 부족할 것이 없는데 왜 그랬는지 모르겠고 그곳 약재상이 의사보다 더 똑똑한 것 같아요."

각자의 소감이 한 바퀴 돌고나면 독서모임의 하루 리더가 발췌한 토론거리로 이야기가 진행되었다.

"마담 보봐리는 현대 문학에서 여성의 욕망을 표출했다는 것에 주목하셔야 합니다."

"지금은 의사라는 직업이 부를 상징하고 성공을 상징하지만 17세기 이전에는 아니었어요. 중세시대에는 정신, 영혼이 아직 중요했어요. 그러면서도 한 편으로는 구원을 받고 다시 살아나려면 온전한 육체가 필요해서 아프면 무조건 자르는 거죠. 그리고 그 잘린 신체를 보관하는 거죠"

10년 프랑스 유학 생활을 한 주 교수님의 명쾌한 해석이 날아다녔다.

"아!"

우리는 모두 감탄사를 토해냈다.

"소설 속에 의사라는 직업이 나타나기 시작했다는 것은 중세의 끝이고 근대의 시작입니다. 신분상승을 의미하죠. 잡화상이 나온다는 것은 자본주의가 서서히 시작된다는 것을 의미합니다. 인간이 중세의 종교적 억압에서 벗어나는 시기인거죠. 그래서 끊임없이 욕망을 표출하는 것입니다."

우리의 감탄사를 삼키는 주 교수님의 보충 해석이 따랐다.

"이런 변화의 시대성이 글 속에 있으니 구조가 낯설고 읽기가 불편한 거죠. 울고 짜는 것이 없는 글인 거죠. 우리는 기승전결이 있는 소설 구조에 익숙한데 이것은 아니라는 겁니다. 새로운 사고의 변화를 보봐리 부인을 통해 표현한 것이죠."

"……."

"교수님 생각을 들으니 이제 이해가 가네요."

작은 현 자매의 소감이 우리의 생각을 대변했다.

책에 대한 이야기가 끝나고 다음 달 읽을 책을 정할 때쯤 2층 계단을 오르는 발소리가 들려왔다. 음식이 왔다는 것이다. 책 이야기 뒤에 책상을 붙이고 펼쳐지는 야식시간이다. 책상에 신문을 깔고 일어서서 밥을 먹었다. 밥과 책이 함께 있는 '플라톤'에서 『마담 보봐리』를 시작으로 여러 분야의 책을 읽었다. 현재와 미래를 이야기하는 『호모데우스』 인류의 문명사인 『총·균·쇠』도 읽었다. 현대시의 시작인 엘리엇의 시집 『황무지』 『악의 꽃』도 만났다. 우리가 생각한 것보다 빨리 4차 산업혁명이 온 오늘을 어떻게 살아야 할지를 이야기해주는 책 『인문학 이펙트』 길에 대한 예찬과 천천히 사는 것을 생각하게 한 『걷기예찬』 인간의 양심과 지식인의 갈등을 노래한 『죄와 벌』 읽다가 포기하고 다시 읽기를 반복했지만 노란 색 표지가 두려운 『차라투스트라는 이렇게 말했다』 영웅 이야기 속에서 만나는 비유가 풀어지는 영웅서사시 『길가메시 서사시』 르네상스의 경제의 흐름을 알게 하는 『지중해 기행』『지중해의 기억』『발견의 시대』 오랜만에 다시 만나는 문학작품인 『이방인』 생명에 대한 인간 승리를 보여주는 『죽음의 포로수용소에서』 진정한 정의란 무엇인가에 대한 고민과 이민 정책에 대한 사유를 하게 한 『우리는 왜 한나 아렌트를 읽는가』 현대인의 폐쇄성을 보여주는 『카프카의 성』 금서였던 『나는 무관심을 증오 한다』 인간에 대한 관심이 없는 사회는 퇴보의 사회임을 보여주는 『철학은 어떻게 삶의 무기가 되는가』를 읽었다.

독서모임은 계속될 것이다. 한 달에 한 번이지만 성장할 수 있다는 것은 기쁨이다. 매일을 살아내는 것이 전쟁이지만 그 전쟁 속에서도 나만을 위한 시간을 뚝 떼어내 책읽기를 하고 있다. 설레는 마음으로 마지막 목요일을 기다리고 있다. 일이 생겨 못 갈 때는 혼자 읽기라도 한다. 세상을 따뜻하게 살고 싶다. 그 첫걸음에 기다려지는 독서모임이 있다.

6. 소박하고 자잘한 안식

낮에는 상담에 관련된 사람들을 만나고 밤에는 국어영역에서 내 도움을 필요로 하는 친구들을 만난다. 두 가지 일에는 책이라는 공통분모가 있다.

'책과 함께 사람들을 만나는 일을 하는 것이 내게 주어진 천명이구나.'라는 생각이 들 때가 많다. 과거와 현재를 이어주고 미래를 만나게 하는 책처럼 나도 세대를 넘나들며 사람을 만나고 있다. 책을 나누다 보면 생각하지 않은 행복이 찾아오기도 한다.

결혼 전 광주에서 속셈학원을 했었다. 시골에서 신혼살림을 시작했다. 대학을 졸업한 내가 집에서 놀고 있다는 소문이 마을에 났다. 동네 아이들을 가르치는 일을 자의 반 타의 반으로 시작했다. 동네에서 '수정댁 며느리'보다는 '선생님'으로 불렸다. 어버이날이면 마을 회관에서 동네 어르신을 모시고 잔치가 벌어졌다. 부녀회 회원들은 떡도 준비하고 국밥도 끓이고 지짐이도 하느라 바빴다. 마을 청년회는 소주를 박스째 나르고 돼지도 잡아서 삶고 천막도 치느라 바빴다. 마을 회관 마당에는 찬조물품들이 쌓여 있었다. 찬조금을 내는 어르신들과 장부를 기록하는 이장님 모습도 보였다. 마을회관 앞 수돗가에서는 부녀회 회원들이 과일을 씻고 설거지를 하느라 바빴다.

"왔나?"

우진이 할머니께서 나를 반갑게 맞아주었다.

"선생님은 저기 앉으소, 마."

종현이 엄마는 나를 어른들이 앉아 있는 회관 안으로 들어가라 하였다.

"은진아, 선생님 오셨네. 수육 좀 드리라."

복화 엄마의 걸쭉한 목소리다.

"수고가 많지요."

새뜰에 사는 기정이 엄마다.

극진한 대접에 몸둘 바를 모르겠다. 동네에서 제일 젊은 나는 행주를 들고 상을 닦으면서 분주히 움직였다. 앉아서 음식을 먹는 것보다 행주를 들고 상이라도 닦는 것이 편하고 좋았다.

결혼하고 얼마 안 되어 마을 아이들의 선생님이 된 나는 면민 체육대회와 정월 대보름 행사에도 참석하며 온전한 마을 주민이 되기 위해 노력했다. 우리 아이들도 흙을 만지고 개구리를 잡고 우렁쉥이의 분홍빛 알도 보고 들판에 가득 세워진 비닐하우스 속에 들어가 딸기도 따고 축사에 가서 큰 눈을 껌벅이는 소에게 지푸라기도 주었다. 커다란 차가 거름을 밭 가에 내려놓으면 코를 막았지만 거름을 덮어놓은 비닐을 막대로 벗기며 놀았다. 키 작은 단감나무를 만만하게 보고 달리다 걸려 넘어지며 자랐다. 온 마을의 사랑을 받으며 마을에서 가장 어린 마을 구성원인 우리 두 아이는 자랐다.

버스를 타고 진영도서관에서 몇 권의 책을 빌려 동네 아이들에게 읽어주었다. 딸의 한글 교육을 시작했다. 딸의 한글 깨치기를 돕기 위해 나는 큰 글씨 그림책을 부산에 나가서 샀다. 책을 책꽂이에 반듯하게 꽂지를 않았다. 그냥 거실 한쪽에 두는 경우가 많았다. 책이 생기자 우리 집은 도서관이 되었다. 공부하러 온 친구들은 자기 수업시간이 끝나면 책을 읽었다. 나는 전래동화 책들과 과학책들을 더 많이 사났다. 집 주위의 세 부락 아이들 중 엄마 혼자 가게를 하는 아이 둘만 우리 집에 오지 않았다. 하지만 서로 인사를 했고 나도 그 녀석들이 귀엽고 안쓰러웠다.

지금 생각하면 동네 아이들에게 더 많은 책을 주지 못해 미안하다.

공부상으로 썼던 교자상 다리가 고장 났다. 다리를 못으로 고정했다. 아이들이 상을 누르고 가끔 앉기도 해서 더 이상 고칠 수도 없다. 교자상이 여러 개 버려질 때까지 나는 동네 아이들의 보모 겸 선생님으로 살았다. 감자도 쪄주고 요구르트도 주고 밥도 주었다. 중학생이던 친구들이 고등학생이 되어 김해시로 가고 초등학생들이 중학생이 되었다. 그리고 나도 김해시로 살림을 나왔다.

김해로 교회를 다니던 나는 우리 동네 아이들에게 치어를 가르쳐 달라고 교회 청년부에게 부탁했다. 아이들을 버스에 태우고 김해까지 다녔다. 부모들은 좋아하였다. 치어 복도 맞춰주었다. 아이들은 반짝이가 있는 하얀색 치어 복을 입고 좋아했다.
"유지 엘 아이"
"유지 엘 아이"
"오우 미키. 미키. 미키"
노래를 부르며 황금색 응원 팜을 흔들고 다녔다. 인선이, 주희, 나리, 유선이, 정애, 민수, 기정이, 영미, 딸 그리고 아들을 데리고 김해에 가서 연습을 하였다. 버스를 한 번 놓치면 30분씩 기다려야 하는데도 아이들은 토요일 수업이 끝나고 버스 정류장에 모였다. 크리스마스 때 치어공연을 하는데 부모님과 할아버지 할머니도 구경을 오셨다. 아이들과 함께 부산 청소년 보호소에 공연도 갔었다. 치어를 하고 책을 읽으면서 아이들은 행복해했다. 나도 뿌듯함을 느꼈다. 경험하기 어려운 자원봉사 경험과 무대경험은 아이들에게 잊지 못할 추억이 되었을 것이다. 김해로 부산으로 다니면서 아이들은 서로를 챙기는 의젓한 모습을 보였다.

대전에 와서는 도서관에서 책을 많이 읽었다. 여름에는 도서관만한 피서지가 없다. 아이들이 학교에 간 시간에 도서관 성인강좌를 마치고 어린이 자료실의 서가를 돌았다. 푹 빠져 책을 읽었다. 아이들이 학교를 마치고 삼삼오오 와서 책을 읽는 모습을 보면 저절로 입이 헤 하고 벌어졌다. 책 읽는 즐거움을 아는 아이들을 만난다는 것은 행복이었다. 어린이 자료실 이용객이 많아지면 나는 어린이 자료실을 나왔다. 엄마 손을 잡고 도서관을 오는 대여섯 살 먹은 이용객을 만나는 날은 더 행복했다.

책을 읽다보면 멋진 문장을 만날 때가 있었다. 책 속에서 다른 책을 언급하는 부분도 만날 수 있었다. 멋진 문장을 입으로 말해보고 내 것으로 만드는 순간은 온전한 내 시간이 되었다.『수요일의 전쟁』에 소개 된 셰익스피어 책은 책 속에서 다룬 관점으로 읽으면 다른 느낌이 들었다.『책과 노니는 집』『마지막왕자』『마사코의 질문』같은 역사 소설을 읽으면서 시대의 아픔에 참여하는 독자가 되었다. 책이 주는 자잘한 감동이 있어 나는 오늘도 책을 읽고 있는 것이다.

도서관 앞문을 열면 갈참나무가 나를 부른다. '안산정'을 품고 있는 작은 동산은 나의 쉼터이다. 책을 읽다 잠깐 밖으로 나와 산책을 하다 보면 자연의 변화를 느낄 수 있다. 봄에는 산책로를 따라 개나리가 피었다. 하얀 철쭉도 피고 분홍철쭉도 피었다. 그뿐인가 한 사람만 지나갈 수 있는 진입로에는 쑥이 땅을 뚫고 나와 생명력을 자랑했다. 누가 가져다 놓았는지 조릿대도 있었다. 여름에는 지하수가 용의 입으로 나오면서 시원한 소리를 들려주었다. 가을에는 갈참나무들이 톡톡 도토리를 땅에 떨어뜨렸다. 눈이 오면 안산도서관 동산은 하얀 옷을 입은 작은 섬이 되어 잔설을 이듬해 봄까지 가지고 있었다. 안산 동산을 서서히 걷다 보면 땅의 기운이 전해 왔다. 세상에서 가장 큰 책, 자연을 창조한 하나님의 솜씨에 감탄이 저절로 나온다.

7. 좋은 것이 있다고 믿는다

    도서관에서 문화학교와 독서회를 오래 진행하니 아이들의 성장을 지켜볼 수 있었다. 초등학교 2학년 때부터 한 해도 빠지지 않고 학생 독서 프로그램에 참여한 친구가 있었다. 그 아이는 2학년 독서회 수업시간에 정말 많이도 돌아다녔다. 그 친구 이름을 부르느라 수업시간 절반을 보내었다.

    "선생님, 또 만났네요."
    "태일이네. 특강때도 계속 만났지."
    "선생님이 이번에는 5학년 독서회 담당이세요?"
    그 녀석이 나를 너무나 반갑게 맞았주었다. 5학년 때는 학교 반장이 되었다고 했다. 5학년이 되어서도 여전히 수업 분위기를 흩어놓았다.
    "태일아."
    이름을 부르고 가만히 있으면 활동을 한다. 참고 기다려주었다. 학업을 위해 쉴 틈 없이 여섯 개나 되는 학원을 뺑뺑 돌던 태일이에게는 학습부담이 없던 독서회 수업이 쉬는 시간처럼 편안했었나 보다.
    어느 날 독서회가 끝나고 나는 태일이 손을 잡고 의자에 앉게 했다. 나도 앉았다.
    "하면 잘 하는 녀석이 왜 그럴까?"
    "몰라요."
    "우리 태일이는 무얼 제일 하고 싶어?"
    "몰라요."
    "다 모르는데 반장은 어떻게 해?"
    "반장은 엄마가 하라고 했으니 하는 거죠."

"태일이는 안 하고 싶었는데 반장이 됐구나."

"아니에요. 저도 하고 싶었어요. 얼마나 조마조마 했다고요."

"그랬구나. 조마조마 했는데 반장이 돼서 기분이 좋았겠네."

"별로."

"태일이 학원 재밌어?"

"학원이 재밌는 사람이 어디 있어."

"학원 재미 없으면 몇 개 쉬지?"

"쉬면 안 돼요."

"쉬면 안 되는구나. 나는 태일이가 학원 몇 개만 줄이면 도서관 독서회 때 지금보다 더 잘 할 것 같은데."

"마음만 먹으면 잘해요. 근데 선생님은 왜 소리 안 쳐요?"

"소리치면 좋겠어?"

"제 마음대로 해도 소리 안 치시니까 나한테 관심 없는 거잖아요."

"소리 안 치면 관심이 태일이한테 없는 거구나. 나는 소리 안 쳐도 태일이가 너무 혼잣말 크게 하면 수업 멈추고 태일이 말 멈출 때까지 기다리는데. 태일이가 나한테 관심이 없네."

"그러네."

"태일이한테 누가 소리치는 거야?"

"엄마, 수학 선생님."

"아, 엄마가 소리치는구나. 태일이는 엄마가 소리치면 어떤 마음이 들어?"

"몰라요."

"……."

"……."

"선생님은 소리 안 치니까 좋아요. 그래서 혼자 이야기 하는 거예요."

"혼자 이야기 하는구나 그러면 마음이 시원해?"

"몰라요."

"다음부터 조금 일찍 와. 태일이 마음이 시원해지게 먼저 이야기하고 독서회 수업 시작하자. 그래야 다른 친구들이 태일이 때문에 화난다고 말 안 해. 알았지?"

"……."

"약속."

태일이와 이야기를 마치고 태일이 엄마에게 전화를 했다. 학교에서 생활을 물었다. 도서관에서 행동도 설명해 주었다. 긴 시간을 통화했다. 태일이 엄마는 생각해 보겠다고 했다. 독서지도사 자격으로 독서회를 진행하고 있었기 때문에 상담사라는 신분을 나는 밝혔다. 1주일이 지났다.

"선생님, 선생님."

태일이가 노래를 부르듯 나를 불렀다. 태일이 표정이 밝았다.

"태일이 약속 잘 지키네. 자, 오늘은 태일이 혼잣말 먼저 5분 동안 하기다."

"큭큭, 좋아요."

"단 독서회 전체 수업 때 혼잣말 크게 안 하고 조용히 하기. 음, 안 하면 더 좋고."

"선생님, 나 학원 두 개 안 다녀요."

"……."

"선생님, 저 학원 두 개 끊었어요."

"지금은 혼잣말 시간인데."

"엄마가 학원 두 개 끊고 저한테 소리 안 친다고 했어요."

"와우! 태일이 기분이 좋겠다. 그 말 하고 싶어 빨리 온 거야?"

"네."

"그러면 지금부터 선생님이랑 둘이 말하기 할까?"

"크크, 괜찮아요. 책 보고 있을게요."

"태일이 짱인데."

"원래 짱이었어요."

"좋았어. 짱·짱·짱."

"어, 태일이 일찍 왔네."

독서회 친구들이 문을 열고 들어오면서 깜짝 놀랐다.

"선생님, 태일이 학원 두 개 끊었대요."

도원이가 말해 주었다.

"그래? 나도 알아요. 친구들 다 왔으니 책 놀이 시작합니다."

태일이 엄마는 고민을 했을 것이다. 부모는 자식을 사랑한다. 자식의 앞날을 위해 모든 것을 부모가 결정하고 아이가 결정을 할 기회를 잃을 때 아이는 아프다고 말한다. 그래도 부모는 눈을 감아 버리는 경우가 있다. 나도 그랬다.

수훈이는 감성이 넘치고 정이 많은 아이였다. 엄마와의 동행이 끝나고 미술학원을 다녔다. 호랑이 그림 액자와 손석고 작품이 지금도 벽에 걸려 있다. 미술학원에서 놀기와 그림그리기만 하던 수훈이는 한글도 못 떼고 초등학교에 입학을 했다. 책 읽고 놀다가 태권도 학원을 다녔다. 성악을 배웠다. 5학년이 되어서야 영어 학원을 다녔다. 그러니까 학습과 관련해 다닌 학원은 영어뿐이다. 그것도 회화 학원을 다녔다. 중학교 2학년 때까지 다른 학원을 안 보냈다.

석사과정을 마치고 나는 더 바빠졌다. 상담의 세계에 매료된 나는 학술대회를 쫓아다녔고 전공서적도 읽었다. 독서지도뿐 아니라 상담을 한다는 소문이 나자 개인상담도 의뢰가 들어왔다. 학교 밖 청소년을 대상으로 상담을 진행하게 되었다. 상담결과를 기록하느라 밤을 새우는 날이 점점 많아졌다. 중고생을 대상으로 국어 공부를 가르치는 일도 더 많아졌다. 내가 바쁜 만큼 경제적으로 여유가 생겼다.

수훈이가 고등학교 입학을 앞 둔 겨울방학은 나, 남편, 수훈이 모두에게 힘든 시간이었다. 나는 자유롭게 생활하던 수훈이를 겨울방학이 시작되자 하루에 단어 400개를 외워야 한다는 영어 학원에 보냈고 수훈이는 투덜거렸다. 수학은 학원과 개인 과외를 동시에 하게 했다. 수훈이에게는

"지금까지 놀았으니 겨울방학 동안 보충해야 한다."

고 말하고 남편에게는 수훈이를 잘 지켜보고 수훈이 학원도 데려다주라고 했다. 벼락치기로 공부를 하고 시험을 봐도 중학교 성적이 나쁘지 않았던 수훈이는 고등학교 첫 시험을 보고 수학을 포기하겠다고 했다. 첫시험을 보자마자 수포자가 되다니…. 나는 수학이 싫다는 수훈이를 더 밀어붙이면서 많은 학생들을 원하는 대학에 입학시켜준다는 학원으로 옮겨 보냈다. 아들은 수학에 대한 스트레스를 게임과 단톡방 수다로 풀었다. 시험을 앞두고도 새벽까지 핸드폰을 만지작거리는 아들을 보고 너무 화가 났다. 나는 그 상황을 견딜 수 없어 핸드폰을 물 속에 던져버렸다.

"아악."

아들은 화가 나서 집에서 뛰어나갔다.

"성은이 아빠도 색소폰 부느라 아들 못 지키면 색소폰을 부숴버릴 거야."

나도 소리를 쳤다. 나는 몰아붙이고 집 나간 아들이 잘못된 선택을 할까 두려웠다. 집 나간 아들이 돌아올 때까지 잠을 잘 수 없었다. 눈물이 나왔다. 엉엉 소리 내어 울었다.

"어디 갔다 왔어?"

물기 젖은 목소리가 문을 열고 들어오는 아들에게 말했다.

"운동장 돌고 왔어요. 왜?"
굵은 저음의 답이 돌아왔다.
"됐다."
안도감이 묻어나는 나의 목소리였다.
"……."

'나는 왜 이중 잣대로 사는가? 누구보다 더 소중한 내 가족에게 냉혹하면서 내담자에게 자상한 상담자가 되는가?'
슈퍼바이저 선생님은 상담 현장에서 냉철하게 상담가로 임하고 있는 모습도 상담가의 모습이고 자신의 현 상황이 투사될까 걱정하는 것도 상담사의 모습이라고 했다. 전쟁을 치루고 다음날 내담자에게
"오늘은 상담을 못 하겠어요. 지금 저의 감정이 투사되어 내담자에게 충실할 수 없으니 한 주만 쉬어요."
라고 전화로 말했다. 나는 아팠다. '이것 밖에 안 된 내가 싫다. 정말 싫다.' 팽팽한 신경전이 지속 되었다. 가족이 내 눈치를 보며 살얼음 위를 걷고 있었다. 고2 때 잠깐 나를 힘들게 했던 딸이 아들과 나 사이의 중재자가 되어 주었다. 오랜만에 온 식구가 같이 밥을 먹었다.

비가 오려면 검은 구름이 먼저 하늘을 점령한다. 검은 구름이 비되어 내린 자리에 황금빛이 쏟아지는 태양이 굳건히 자리를 지키고 있다. 나는 믿는다. 지금 현재도 행복하고 과거도 나름 행복했다고, 앞날에는 더 좋은 일만이 기다리고 있다고….

제3장

도서관에서
만난 사람들

People I met in the library

제 3장 도서관에서 만난 사람들

책의 힘을 믿고 있는 나는 '독서치료 심리상담' 프로그램 계획서를 도서관 문화학교 담당자에게 제출했다.

"성인강좌를 하다 보니 좀 더 마음을 나누는 기회가 있었으면 좋겠어요. 제가 상담공부도 하고 있으니 독서치료를 진행해 보고 싶네요."

"그거 괜찮겠다. 자녀 문제도 이야기하고, 책도 보고, 자신도 보고."

너무도 밝은 목소리로 내 프로그램을 이해해 주었다.

"임상공부도 했으니 심리검사를 바탕으로 집단상담을 진행해 볼까요?"

"강좌명은?"

"주부성장 프로젝트 - 독서치료사와 함께하는 심리여행?"

도서관에서 프로그램을 시작하였다.

마음의 상처와 심리적 문제를 겪고 있는 사람들은 자신의 상황과 감정을 잘 표현하지 못한다. 자신의 문제를 알리기가 두려워 자기방어를 하고 있거나 긴장하고 있기 때문이다.

'독서치료 심리상담' 프로그램에서 만나는 대부분의 사람들은 첫날, 자기방어가 강했다. 15주 진행되는 프로그램 계획서를 보고 자발적으로 지원한 수강생들(내담자)이지만 첫날 오리엔테이션이 프로그램에 참여할 것인지를 결정하는 중요한 판단 근거가 되었다.

상담기법의 하나인 독서치료는 책을 연결 고리 삼아 내담자와 상담자가 대면한다. 대상자는 책에 기대어 편안하게 자신의 문제에 접근할 수 있다. 이것이 독서치료의 매력이다. 책 속 등장인물을 통해 자신의 경험·생각·감정을 이끌어 내기 때문에 내담자는 일반 상담과는 달리 긴장하지 않고 불편한 감정을 느끼지 못한다. 책을 매체로 사용하기 때문에 작품 속 다양한 이야기를 통해 자기성찰을 이끌어 내기도 쉽다. 한 줄의 글, 한 권의 책을 읽으면서 누구나 마음의 위로를 받은 경험이 있을 것이다. 그 위로 덕에 새로운 힘을 얻고 일어서 달리기도 했을 것이다. 내가 책을 통해 안식을 찾고 용기를 얻었듯이 말이다.

1. 실은 나 대학교수였어

2013년 다른 구에 있는 도서관에서 프로그램 계획서를 보았다며 연락이 왔다. 하반기 문화학교 프로그램을 '독서치료 심리상담'으로 하고 싶다고 했다. 내가 살고 있는 구의 복지관, 도서관, 학교, 지역아동센터에서만 활동하던 나는 가슴이 뛰었다. 대덕구에서만 짧게 이동하며 운전을 해 '대덕구 면허증 소지자'인 나는 멀리까지 가는 것도 걱정이 되었다. '해보자. 이제 영역을 확대해야 되나 보다. 지금처럼. 매일 기도하면서 준비하면 되는 거야.'

강의 하루 전 담당자와 통화하고 일찍 도착했다. 전화로 안내받은 강의실을 찾아 지하로 내려갔다. 문을 열었다. 벌써 수강생들이 와 있었다. 서로 아는 사이인지 이야기를 나누고 있는 수강생들도 있었다. 내가 들어가 강의실 앞 쪽에 섰다.

'저 사람은 왜 강단에 서지?' 하는 표정을 짓는 것 같았다. 순간 나는 나의 옷차림이 신경이 쓰였다. 오후에 있을 유아들과 부모를 대상으로 하는 발달놀이 상담에 맞는 옷을 입고 나온 것이 생각났다. 신체활동에 편한 면티에 바지를 입고 운동화를 신고 있었다. 이 일을 교훈 삼아 상담상황에 맞춰 나는 하루에 서너 번씩 옷을 바꿔입기도 한다.

"강사 선생님이세요?"

"네."

"강좌 반응이 너무 좋다는 이야기는 들었어요. 10시 정각에 시작하시면 됩니다."

"잘 부탁드리겠습니다. 수강생들에게 제가 소개하면 되나요?"

"오늘은 제가 소개를 해 드릴게요."

프로그램을 진행할 때는 상담의 단서가 되는 수강생의 옷차림. 얼굴 표정, 행동을 살펴보기 위해서 언제나 나는 강의 시간보다 빨리 도착했다. 그런데 나보다 더 빨리 강의실에 와 있는 수강생이 많았던 것이다. 그 동안 진행한 성인 대상 프로그램에는 남자가 전혀 없거나 있다 해도 한 명 정도였다. 그런데 이 도서관에는 다섯 분씩이나 계셨다. 군청색 정장을 입고 있는 편안함이 느껴지는 어르신, 흰 머리에 운동복 차림의 어르신, 슬픈 듯 아픈 듯 표정을 읽기 곤란한 얼굴의 어른, 눈에 광채를 발하며 팔짱을 낀 채로 있는 어른, 무심한 표정으로 앉아 있는 40대로 보이는 남성, 자신감을 갖고 강당에 섰지만 목소리가 안 나왔다.

"만나서 반갑습니다. 저는…."
아침 날씨 이야기도 하면서 자연스레 시작하는데 딱딱한 자기소개를 하고 있는 나를 발견하였다. '하나님. 무지 떨려요. 하나님 모시고 하니 안 떨리게 해 주세요. 하나님, 제 옆에 계신 거죠?' 하며 마음을 다잡았다. 다리에 힘을 주었다.
"오늘은 첫 시간이니 이 프로그램에 참여하시게 된 이유를 이야기해 보려고 합니다. 그래도 되겠지요?"
반응이 없었다.
"저는 지금 좀 당황했어요. 남자 어르신들이 이렇게 많이 참석 하실 줄은 몰랐거든요. 대부분 이 시간대는 '주부타임'이라고 해서 주부들이 많이 오셨거든요."
"선생님, 편안하게 하면 되오."
하얀 머리에 운동복 차림의 어르신이었다.
"네. 고맙습니다. 아버님이 힘을 주시네요."
"자, 그럼 아버님부터 시작해도 되겠습니까? 아버님."
"그래 볼까요. 나는 시간이 많아서 와봤어요. 심리검사도 하고 그런다고 해서.”

“시간이 많으셔서 오셨군요. 우리 아버님은 심리검사를 해드리면 되겠고, 또 누가⋯.”

“내 마음의 소리를 들어볼까 해서 왔어요.”

팔장을 낀 채 남자 어르신이 말씀하셨다.

“아, 본인에 대해 알아보고 싶어서 오셨군요.”

한 사람이 말문을 열어주자 프로그램에 참석한 이유와 도움 받고 싶은 것이 무엇인지 이야기하는 분위기가 만들어졌다.

오리엔테이션을 마치고 나태주 시인의 세 줄짜리 시 ‘풀꽃’을 읽고 자신을 꽃으로 표현하기를 했다.

자세히 보아야 예쁘다.

오래 보아야 사랑스럽다.

너도 그렇다.

흰 머리의 운동복차림의 어르신은 자신을 ‘연꽃’이라고 하였다.

“연꽃이네요. 왜 연꽃으로 표현하셨을까 말씀해 주실 수 있을까요?”

“음⋯. 나는 진흙 속에서 살지만 물을 깨끗하게 하는 연꽃으로 살고 싶었지.”

“어르신, 싶었지 하시니 아쉬움이 느껴지네요.”

내 감정을 그대로 표현해 보았다.

“음⋯.”

“아쉽다는 말을 들었을 때 어떤 마음이 드셨어요?”

한참을 생각하시고 나서 어르신은

“놀랐어. 내 아쉬움을 알아버린 것 같아서.”

"놀랐다고 말씀해 주시니 고맙습니다."

"……."

"여러분, 한 분 한 분이 어떤 이름을 사용하는지 들려주세요."

나는 수강생 한 명 한 명의 그림을 보고 그 그림을 다른 수강생도 볼 수 있게 했다.

"프리지아 꽃이네요. 이유가 있을까요?"

"내 생일에 우리 남편이 사다 준 꽃이고, 프리지아는 졸업 때 입학식 때 많이 사용하고 봄을 알리며 꽃말이 순결이라고 해서…."

다양한 꽃들이 피었다. 소감을 나누었다. 다음 주에 만나기로 약속을 하고 수업을 마쳤다. 너무나 떨고 긴장했던 날이었다.

상담 초기에는 심리검사와 해석상담을 하였다. 검사를 하고 해석상담을 하면 수강생(내담자)들의 정서·인지·행동특성을 파악할 수 있었다. 그 결과를 바탕으로 집단목표를 선정하여 상담 프로그램을 진행했다. 회기 주제 '나를 말하다'를 진행하였다. 그림책『세상에서 하나뿐인 특별한 나』가 매체였다.

연꽃 어르신께 질문을 했다.

"아버님은 오늘 만난 그림책의 어느 부분이 인상에 남는가요?"

잠시 후에

"거기, 개가 주인 말도 안 듣는데 요타 말 듣는 곳이 맘에 들어요."

"그러셨군요. 다시 그림책을 보세요. 어떤 모습에서 마음에 와 닿았는지."

"여기, 개가 빗자루 물어뜯는 것. 주인 할머니가 힘들 것 같아."

"주인 할머니가 힘들다고 느끼셨군요. 왜 할머니가 힘들다는 생각을 하셨는지 궁금하네요."

"글쎄."

하얀 머리에 운동복 차림으로 오셨던 연꽃 어르신은 즉답을 피하셨다.

"선생님들, 개가 왜 빗자루를 물어뜯었을까 생각해 보시고 자유롭게 이야기해주세요."

나는 다른 집단원에게 질문을 하여 연꽃 어르신에게 생각할 기회를 제공했다.

"성질이 못 되어서 그런 것 같은데요."

임 선생님의 명료한 반응이었다.

"누워있는데 할머니가 청소해서 화가 난 것 같은데요."

공무원이셨다는 남자 집단원의 반응이었다.

"할머니가 힘이 약해서 그런 것 같기도 하고."

반응이 다양하다.

"아버님, 선생님들 이야기 중에 마음에 와 닿는 말이 있었나요?"

다시 연꽃 어르신께 기회를 드렸다.

"성질이 못 되어서 그런 것 같다는 말이 와 닿네요."

"칡꽃 선생님, 이 말을 들으니 어떤 감정이 드나요?"

"그 말씀을 들으니 할머니가 슬플 것 같다는 생각이 들어요. 개도 할머니를 무시하는 것 같고요."

"아버님 저 말씀을 들으니 어떠세요?"

"우리 집사람도 슬플 것 같네."

"사모님이 왜 슬플 것 같아요?"

"그야, 내가 그림을 다 갖다 줘서 그렇지. 돈 안 받고. 집사람한테 의논도 안하고 말이야. 음….'

시간이 많아서 프로그램에 참석했다고 첫 시간에 말씀하셨다. 해석상담을 해 드렸을 때는 '딱 점쟁이처럼 맞췄다'고 했었다.

연꽃 어르신이 상담프로그램을 신청한 것은 사모님과의 관계가 불편했기 때문이었다. 연꽃 어르신은 퇴임 전부터 그림을 취미로 그렸다고 하셨다. 자신이 그린 500호 그림은 가치가 몇 천만원은 된다고 하였다. 연꽃 어르신은 모교나 행정기관에 자신이 그린 그림들을 기증하셨다. 그림을 판매해 수입을 가져 오리라고 생각했던 사모님의 기대를 무너뜨렸다고 했다.

문제는 자신의 그림을 오랜 기간 부모님 모시고 자녀를 키운 사모님께 의논도 않고 기증을 해 버렸다는 것이었다. 기증을 반대하는 것도 아닌데 표구까지 다 해서 갖다 주면서 기증 사실을 당신만 몰랐다는 것에 사모님은 서운하고 화가 났던 것이었다.

"아버님, 사모님이 왜 슬프고 화가 났는지 이해가 되시나요?"
"내가 좀 독선적이었다는 것이죠?"
"아버님은 아버님이 독선적이라고 표현하시네요?"
"좀 독선적이지. 우리야 연금 받으면 사는데 그림까지 팔아서 살 정도는 아니잖아."
"사모님은 돈이 필요할 수도 있었을 텐데, 적어도 기증 의사를 미리 알려줬다면 어땠을까요?
"……."
"아버님 혹시 집에 계신 사모님은 어떤 말이 듣고 싶을 것 같아요?"
"……."
"아버님은 말하기 곤란하시면 말씀을 안 하시는군요. 그치요?"
"그런 편이지."
"제가 사모님이라면 미안하다는 말이 듣고 싶을 것 같아요."

연꽃 어르신은 프로그램에 100% 출석을 하였다. 마지막 날은 『시집가는 날』책을 읽고 인절미를 만들어 수강생과 나누어 먹었다. 아주

커다란 쟁반에 콩고물을 깔고 찧은 쌀덩이를 부었다. 하얀 플라스틱 접시를 왔다 갔다 해서 떡덩이를 길게 나누었다. 한 덩이씩 수강생이 가져가 손으로 먹기 좋게 떼어내면 되었다. 얼굴에도 옷에도 콩고물이 묻었다. 먹을 것 앞에는 기분이 좋아지는 건 모두 똑같다.

"실은 나 대학교수였어. 선생님이 처음 온 날 말이야. 강의실에 들어와 앞에 서는데 옷도 그렇고 해서 어린 사람이 뭘 알까? 하고 생각하고 있었지. 날이 갈수록 좋았네. 우리 집사람한테 사과도 했네."

연꽃 어르신은 말씀하셨다.

"두려워 말고 공부를 하시게나."

"감사합니다."

"선생님이 생각해 보라는 대로 해 주었네."

"네 잘하셨어요. 이제는 사모님이랑 꼭 의논하셔야 해요."

"명심하겠네. 그림은 필요한 곳에만 의논해서 기증하고…."

"맛있게 드시고 봉지에도 담아가세요."

경제학과 교수였지만 무료해서 그린 그림이 쌓여가자 그림을 모두 지역사회에 기증했던 교수님, 기증문제로 섭섭해하는 아내 때문에 프로그램에 참여해 주신 당신이 있어 행복했습니다. 서툴고 두려워하던 나를 돕고 싶은 마음에 한 번도 결석 안 하려고 애쓴 교수님 감사합니다.

2. 내 고향은 동막골이야

2017년 7월. 복지관에서 운영하는 '문해교실' 수업을 하였다. 매년 가을이면 시화전을 한다고 했다. 시화전에 작품을 출품하는데 '문해교실' 어르신들이 시를 잘 쓸 수 있도록 동기를 부여하면 된다고 했다. 어르신들의 사연을 듣고 공감해주고 더 사연을 풍부하게 풀어내어 글감을 찾도록 도와드리는 것이 내가 어르신들을 만나 할 일이었다. 한글을 배우지 못해 늦은 나이에 공부를 시작한 어른학생들을 만난다는 기대감과 어르신들을 어떻게 대해야 할지 걱정이 뒤범벅 되었다.

서울서 '문해교실' 선생님을 하고 있는 친구는 만날 때마다 어른학생들 자랑을 했다.

"흐미, 우리 엄니들이 얼마나 귀여운지."

"엄니들이 먹을 것 바재기로 갖다 줘분다. 밤, 대추, 먹을 것 천지라 살이 안 빠진다."

"흐미, 우리 엄니들….."

복지관에 가기 전에 한글을 배우는 어머님들을 어떻게 대하는 것이 좋을까 싶어서 친구에게 도움을 요청하는 전화를 했다.

"아따, 우리 엄니들 가르치면 까묵고 또 까묵고 잘 안 들리신다고 해서 큰소리로 헌다. 가시내야."

"그려. 큰소리로 말하고 그 다음에 주의할 게 뭐냐고 가시내야?"

"명숙아, 그냥 맘 내키는 대로 해라. 우리엄니들 산전수전 다 겪으셨다. 딱 하나, 가르치려고 하지는 말고. 니는 잠깐 왔다 가잖아."

"나는 한글 지도가 아니라 마음 열기라니까."

"그라믄, 처음에는 한글 배우고 좋은 점부터 엄니들한테 물어봐라.”

“오우 케이. 감사.”

“잘해라.”

친구에게 도움을 받고, 다른 '문해학교' 어른들의 시도 먼저 읽어 보았다. 삐뚤빼뚤 글자와 함께 어르신들이 손수 그린 그림도 있는 시를 몇 편 골라 인쇄 해서 작은 책자로 묶었다. 손을 그릴 도화지도 준비했다. 복지관 담당 선생님이 어른학생들께 나를 소개해 주었다.

“반갑습니다. 앞으로 다섯 번 어르신들을 뵈러 올 거예요. 잘 부탁 드립니다.”

씩씩하게 인사를 했다.

“짝짝짝.”

“오늘부터 우리 선상님 대신 우리 가르쳐 주시는 거지요?”

하고 어른학생 한 분이 질문을 했다. '문해교실' 담임 선생님은 어르신들을 향해

“어제 말했었죠. 시 쓰기 수업한다고. 벌써 잊어버렸어요?”

“우리가 뭔 시를 쓴다고. 나는 못 한다.”

어른 학생들이 이구동성으로 말씀하셨다.

'나는 못 한다'는 그 말이 '나도 쓰고 싶다'로 내게는 들렸다. 여기 앉아 있는 학생이 누구인가? 배움을 위해 무더위에도 공부하러 온 멋쟁이 어른학생이신데….

“시가 별 건가요? 어머님들이 살아 온 이야기가 시죠.”

라는 말로 수업을 시작했다. <즐거운 세상>을 비롯한 준비해 간 십여 편의 시를 읽었다. 한글을 깨친 즐거움을 여섯 줄에 표현한 시를 보더니 금방 학생들의 표정이 밝아진다.

"어떠세요? 그냥 말이지요?"

"예."

대답도 예쁘게 하신다.

"선생님, 좀 쉬었다 해야겠는디."

"아, 죄송합니다. 그럼 조금만 쉬었다 해요."

허리도 펴시고 두유도 마시고. 고추 이야기도 하신다.

"우리는 진달래반인데 봉숭아 반에서 2명이 왔어. 그런데 선생님
은 어디서 살어?"

"우리가 시 쓸 수 있을라나? 이제 이름 겨우 쓰는데."

"자, 커피사탕 하나 먹고 해."

대답 할 시간도 안 주시고 궁금한 점을 물어오셨다. 사탕도 주셨
다. 쉬는 시간을 이용해 연령대를 알아보니 진달래반에서 가장 나이
많은 학생은 여든 두 살, 가장 어린 학생은 예순 다섯 살였다. 일흔 살
을 넘는 분이 꽤 많았다. 그런데 나이보다 모두들 젊어보였다.

"어여 와. 수업 시작한다잖아."

아직 교실 밖 탁자에 앉아 있는 세 분의 어머니를 교실을 지키던
반장어머님이 불러주셨다. 하얀 도화지를 드리고 그 위에 색연필로
손바닥을 그리자고 했다.

"밉게도 그려진다."

맨앞에 앉은 학생이다. 진달래반에 제일 늦게 올라온 학생이라고
했다. 한글기초반을 마치고 상급 반에 올라온 새내기 학생인 것이다.

"잘 안 되면 짝꿍에게 부탁하셔도 되어요."

"생경 그려봤어야지. 저 형님은 잘도 그리시네."

3분단 둘째 줄에 혼자 앉은 어머니가 뒤를 돌아보며 말씀하셨다.

"자, 이제 다섯 손가락 안에 내가 자랑하고 싶은 것을 써 보세요."

"우리 영감이 물건 사주는 것도 되지요? 선생님."

글자를 봐주고 있는데 뒤쪽에서 질문이 들려왔다.

"네. 무엇이든지 다 적으셔도 됩니다."

뒤를 돌아보며 크게 대답했다.

"선생님, 손주가 맞나요? 손자가 맞나요?"

어디에서 들리는 소리인지 궁금해 허리를 펴고 두리번거리니 창가 세 번째 분단에 앉아 계시는 어머님이 글쓰기를 멈추고 나를 기다리고 있었다.

"글자는 틀려도 괜찮아요. 어머니."

다가가 이야기를 해 주었다.

"선생님 '록' 은 어떻게 쓰나요?"

이번에는 첫째 분단이었다. 맨 앞에 앉아 한 자 한 자 글씨를 눌러 쓰는 어머니였다.

"다 썼어요."

1분단 맨 끝에 앉아 계신 어머니였다. 진달래반 최고령자이셨다.

"형님은 뭐든지 빨라요. 선생님, 나는 왜 이리 늦을까?"

맨 앞에 앉아 계시던 어머님이 작은 목소리로 말씀하셨다. 질문에 답하느라 이쪽저쪽을 정신없이 다녔다. 글자를 알려주느라 허리를 굽히기도 하고 무릎을 바닥에 대고 쪼그려 앉기도 한다. 자랑거리를 쓰는 것으로 마무리 된 첫날 수업이었다.

"재순 어머니는 욕심이 많고 늦어요. 순례 어머니는 아직 한글을 많이 모르시고요. 반장 어머니는….."

진달래반의 담임 선생님은 나에게 어머니들에 대해 알려주셨다. 아마도 어머님의 부름에 답하느라 움직이는 내 모습이 안타까웠나 보다.

1주일 후 어른 학생을 만나러 복지관으로 향했다. 권정생 선생님의 『오소리네 꽃밭』을 읽고 이야기를 나누었다. 『오소리네 꽃밭』은 오소리 아주머니와 꽃 이야기다. 산기슭에서 낮잠을 자다 회오리 바람에 읍네 시장까지 날아간 오소리 아주머니가 집으로 돌아오는 길에 초등학교 꽃밭에 핀 꽃들을 보게 된다.

예쁘게 피어있는 여러 가지 꽃의 아름다움에 감탄한 아주머니는 집에 서둘러 돌아온다. 아주머니는 오소리 아저씨에게 꽃밭을 가꾸자고 하며 심을 꽃 이름을 부르지만 이미 오소리네 밭에는 그 꽃들이 다 있었던 사실을 발견하며 행복해하는 내용의 그림책이다.

주변에 소중함을 알자는 주제를 담고 있지만 어른학생들과는 꽃에 얽힌 추억을 이야기하고 싶었다. 꽃에 얽힌 사연들이 술술 나왔다. 말로 했던 것을 줄글로 썼다. 이미 시였다.

『방귀쟁이 며느리』를 읽었다. 한 마을에 곱디 고운 처자가 사흘에 한 번은 방구를 시원하게 뀌어야 되는데 시집을 가게 되었다. 새색시 체면에 참다보니 얼굴빛이 말이 아니게 되었다. 이를 알아 본 시아버지가 방구를 참으면 안 된다고 시원하게 뀌라고 했다.

며느리가 오래 참은 방구를 시원하게 뀌는데 집의 세간살이가 다 날아가고, 방구에 날아갔던 시어머니는 며칠 만에 돌아온다. 한 번 방구에 집안 꼴이 엉망이 되자 시아버지는 며느리를 친정에 돌려보내기로 결심을 한다.

친정으로 가는 길에 며느리의 방구 덕분에 많은 재산을 얻게 된 시아버지는 며느리를 데려와 행복하게 산다는 전래동화 그림책이다. 며느리처럼 꾹 참아서 답답한 일이 있었던 것들을 이야기를 나눈 후 적어보았다. 아버지가 딸이라고 공부 안 가르쳐 준 이야기가 제일 많이 나왔다. 남편을 잃고 혼자서 장사하던 일도 나왔다. 공장에서 월급

받을 때 글자 쓰라할까 겁이 났던 이야기도 하였다. 사위가 글자 모르는 자신을 알까 겁나고 부끄러웠다고 했다.

"어머니들, 이야기 들어보니 서운하고 서럽고 그러네요."
"그렇지 뭐. 이제 와서 말하면 뭘 혀."
역시 가장 나이 많으신 어머님이 한마디 하셨다.
"우리 어머님들, 그런 마음 담아서 방귀쟁이 며느리처럼 방귀나 뀌어볼까요?"
입 나팔을 하고 크게 외쳤다.
"어디? 방구나 뀔 수 있었나? 새색시가 돼서."
허리수술을 하고 누워 있느라고 지난 주 못 나온 어머님이 연필을 놓으면서 말했다.
"시방 같으면 뀌었을 건데."
"오죽하면 얼굴이 썩었을까? 우리 영감 술 먹을 때 말도 못하고."
이야기꽃이 피어났다.
"인생이 다 그런 거제."
통통한 몸매가 드러나게 빨간 반팔과 나팔 반바지를 한 벌로 입고 계신 순례 어머님이 정리를 하셨다.

"자, 어머님들 한글을 배웠을 때 기분은 어땠는지를 말씀 해 주세요. 그냥 좋다 말고 왜? 어떨 때 좋았는지를 넣어서 말씀하는 거예요. 한 가지씩만 말씀하시는 거예요. 아셨죠?"
"간판을 보아서 좋았지."
반장 어머님을 시작으로 왼쪽 방향으로 시작했다.
"손주 공부 봐 주니 좋아."
"은행 가서 혼자 돈 찾으니까 좋아."
"네. 아주 잘 하시고 계세요."

나는 응원의 추임새를 하고 다시 칠판에 받아 적었다.

"편지도 쓰니까 좋구."

"딸이 좋아해서 좋구."

운율까지 맞춰가며 말씀을 하신다. 웃음이 나온다.

"다 해 불면 나는 뭐 할까? 학생이 되어서 좋고 친구 생겨 좋고."

"버스도 혼자 타니 좋네."

"와우, 멋져요. 여기 칠판에 그대로 받아 적었지요? 읽어 볼게요."

칠판의 글씨를 그대로 큰 소리로 읽었다. 어른학생들 표정이 밝아졌다. 진달래반에 올라온 지 얼마 안된 순례 어머니가 웃었다. 수업을 하면서 제일 말씀이 없던 어머니였다. '첫시간에 나는 자랑거리가 없다.'고 손가락 두 개만 채운 어머니였다.

생쥐들이 겨울을 준비하는 이야기가 나오는 『프레드릭』을 읽었다. 다른 들쥐들이 옥수수나 밀을 모을 때 프레드릭은 햇빛과 색깔과 이야기를 모으고 먹을 것이 다 떨어졌을 때 들쥐들은 먹을 것 대신 다른 것을 모은 프레드릭에게 이야기를 들려달라고 한다. 이때 프레드릭은 곡식 대신 모은 것들로 쓴 시를 들려주며 친구들을 따스하게, 행복하게 만들어 준다는 내용이다. 특히 프레드릭이 겨울밤 들려주는 부분을 두 번 읽었다. 지난 번 자료로 준 <즐거운 세상> 시도 다시 읽었다.

"이제 쓰고 싶은 것을 쓰는 거예요."

내 말에

"뭐를 쓸까? 뭐를 쓸까?"

막상 쓰려니 걱정이 되었는지 순례 어머님이 혼잣말을 하셨다.

"우리 한글선생님께 고맙다고 써야겠네."

허리가 아프지만 허리 보호대를 차고 나오신 어머니였다.

"지금까지 저랑 이야기했던 것을 생각하며 느낌도 써 봐요."

어머님들은 쓱쓱 글을 쓰셨다. 흰 도화지 가득 채워 나갔다. 이제 한글을 배워 사위가 알까 조마조마 않아도 된다고 쓰고 계셨다. 허리가 아파 한글 배우러 못 올 때 슬퍼 지금은 복대 차고 왔다고 쓰고 계셨다. 통장 월급 받아도 이제 찾아 좋다고 쓰셨다.

우리영감 고맙다
우리 따리 고맙다
한글 배우게 해줘 고마다.
우리 선생님 갈차 줘서 고맙다.

순례 어머니가 썼다.

꽃 이야기도 쓰고 이제 한글 배워 글자 쓰니 죽어도 원이 없다고 썼다. 내 눈길을 잡는 글이 있었다. 내 고향은 동막골로 시작되는 시가 있어 멈추었다.

'어? 동막골 영화 제목인데?'

말도 곱게 하시는 정순 어머니께서 글을 쓰고 계셨다.

"고생 많았지요. 전쟁 나서. 우리 아버지 보고 싶어져서."

"아버지가 많이 보고 싶으신가 봐요?"

"나이 들고 그래서 그런지. 천천히 생각해 보라고 하니 옛날 일이 생각났어요."

유독 지우개를 많이 사용하던 어머님이었다. 동막골 이야기, 고향 이야기를 한참을 했다. '동막골' 어린아이는 할머니가 되어서도 부모를 잊을 수 없었다.

시인이 될 거야 / 최정순

강원도 깊은 산골 동막골은 내 고향
피난 내려 올 때
아버지 여의고
글자 몰라 삶도 힘겨웠다.
70이 넘어서 한글을 배우고
내 마음을 글로 써서 상장도 받았다
글을 배워보니 글 속이 얼마나 깊은지
앞으로 더 많이 배워서
멋진 시인이 되고 싶다.

어머니들과 함께 했던 7월의 시쓰기 활동을 통해 나는 자신의 글
도 독서치료의 매체가 되고 글쓰기를 통한 자아통찰이 이뤄진다는
것을 이론이 아닌 실제로 알게 되었다.

나는 공부를 하고 싶어 맘을 먹고
여기 저기 공부하는데 찾아다녔지요.
사위와 딸에게 하고 싶은 말 못하고 겁이 났다.
 글 몰라서 가슴이 물렁물렁 했다.
입에서 나오는 말 연필로 쓰는 말 다르니 참 답답하다
나 언제 이글을 다 배울까.

당신들이 손수 쓴 시를 앞에 나와 수줍게 발표하던 모습이 그대로
살아난다. 밴드에 있는 시를 다시 읽어 보았다.

3. 6년 만에 장미꽃 선물을 받았어요

'우리 부부 안녕하십니까?'를 주제로 집단상담을 진행했다. 이번 집단은 폐쇄집단으로 운영되기 때문에 예비 수강생을 받지 않겠다고 했다.

심리검사와 '나 탐색하기' 과정이 진행되면서 몇 명의 집단원이 탈락했다. 남은 집단원은 아주 특별한 일이 발생하지 않는 한 계속 프로그램에 참여한다는 것을 경험을 통해 알고 있었다.

초기 자기성찰의 시간을 바탕으로 중기의 상담목표는 가족관계 회복이었다. 집단상담이 중기로 접어들었다. 역동이 잘 이뤄지는 날은 집단지도자인 나도 알아차림이 잘 되었다.

상담 중기쯤 되면 이미 집단원 사이에 결속력이 생긴다. 오히려 집단상담을 진행할 때 결속력을 깨뜨려야 할 경우도 있었다.

매체로 사용한 도서는 그림책 『두 사람』과 시인 문정희의 <부부>라는 시였다. 그림책 『두 사람』을 먼저 이야기 나누었다. 상징이 많은 책이기 때문에 해석이 다양하고 느끼는 감정도 저마다 달랐다.

"나의 반쪽은 어떠해야 할까요?"
나는 집단 가운데 서서 상담을 진행했다.
"선생님, 저는 혼자인 것 아시죠?"
임 선생님이었다.
"아, 선생님은 나의 반쪽이라고 하니 부부를 생각하셨군요?"
"그렇지. 오늘 주제가 부부이고 지난주 숙제도 남편이나 아내 칭찬 스무 가지 써 오기였으니까?"
역시 씩씩한 결혼하지 않은 40대 후반의 임 선생님이었다.

"그래서 지금 이 자리가 불편하시나요?"

"아니, 불편하지는 않아요. 신경 쓰지 않은지 오래되었으니."

"그러면 임 선생님은 마음을 나눌 수 있는 한 사람만 말씀해 주신 다면 누구를…."

"나야, 이런 프로그램들 쫓아다니고 마음 맞는 동생들하고 산에 가고 그러는 것이 좋지."

"다른 분은 또 없으시나요?"

"아무래도 집사람이 생각나네요."

늘 양복 차림으로 오시는 김훈장 어르신이었다.

"지금 사모님 하니 떠오르는 것은요?"

"아침 밥상."

"아침 밥상? 좀 더 구체적으로 이야기를 해 주실 수 있으시나요?"

집단원은 나의 반쪽에 대해 '반드시 ○○해야 한다'고 강요할 수 없다고 의견을 모았다. 결혼하지 않은 현 선생님은 관찰자로서 말을 했다.

"어쩌면 이렇게도 각자 생각이 다 다른지 알게 되었어요. 저는 결혼을 안 한 게 아니고 못 한 거예요. 서로 아웅다웅 사시는 모습도 부럽고 그래요."

"자 드디어 지난주 숙제를 발표하겠습니다. 발표 전에 아내와 남편의 장점을 적을 때의 생각도 이야기 해 주세요. 음. 이번에는 우리 아버님부터 부탁드립니다."

"내가 여기 쭉 적어보았는데 처음에는 찾기가 힘들더라구요. 이런 것도 칭찬이 되나 싶기도 하고, 그래도 숙제니까 곰곰이 생각해 보니 또 많더라구요."

"와! "

집단원은 김 선생님의 말에 환호성을 질렀다.

"우리 집사람은 밥을 잘 해 준다. 우리 집사람은 아이들을 잘 키웠다. 우리 집사람은 절약을 잘해서 집을 일찍 샀다."

"우리 집사람은…."

"세상에 40가지나 적어 오셨네요. 발표 해 보시니 어떠세요?"

"고맙다는 생각이 들고, 잘해줘야겠어요."

"지금 여기서 고맙다고 말씀해 보실래요?"

"여기서?"

"네. 사모님을 어떻게 부를까요?"

"애 엄마 이름 부르지 뭐. 오랜만에."

김 선생님은 잠깐 숨을 들이켰다.

"철순아, 고맙다."

예순이 넘은 김 선생님은 고백을 하고서는 고개를 위로 올렸다. 많이 쑥스러운 듯했다.

"멋있어요."

공감과 함께 집단원은 물개박수를 쳤다.

"말씀하고 나니 지금 기분은 어떠세요?"

"좀 부끄럽지만 좋지요."

"우리 채송화 선생님은?"

"……."

"……."

답하기가 불편하다는 것을 침묵으로 말하고 있는 것이었다.

"저는 몇 개 못 적었어요."

겨우 들릴락 말락 기어들어가는 목소리로 답하였다.

"못 적었어도 괜찮아요. 적어보려고 했다는 것이 중요하니까요."

"……."

"……."

나는 기다렸다. 다른 집단원도 기다렸다.

"우리 애 아빠는 돈을 잘 벌어다 준다. 우리 애 아빠는 일을 잘한다. 우리 애 아빠는 말이 없다."

오랜 침묵을 깨뜨리는 채송화 선생님의 발표에 박수가 나왔다. 지지의 박수였다. 칭찬의 박수였다.

"말이 없다는 것을 칭찬하고 싶은 이유가 있을까요?"

"피곤하니까 말을 안 해줘서 제가 좋은 것 같아요."

"남편분이 피곤해서 말씀을 안 한다는 것인가요?"

"아뇨, 제가 피곤해요."

"아, 채송화 선생님이, 남편분이 말이 없으니 편하다는 말씀이셨군요. 죄송합니다. 제가 해석을 잘못했네요."

순간 채송화 선생님 눈가에 눈물이 맺히는 것을 보았다. 채송화 선생님이 감정을 느낄 시간이 필요하다는 신호였다. 아주 잠깐 정적이 흐른다. 나는 다시 말을 시작했다.

"저는 말을 안 하면 편안하기보다는 답답할 것 같아요. 다른 선생님들은 어떠세요?"

"말이 너무 없어도 답답하긴 하겠지만 남자는 과묵해도 되지 않을까 싶네요."

정 선생님이었다.

"과묵하다는 것과 답답함은 차이가 있지 않을까요?"

중학교 자녀 문제로 지난 회기 때 눈물 콧물 흘렸던 송 선생님이 바로 반응을 하셨다.

"채송화 선생님, 남편분은 과묵한 편이신가요?"

나는 다른 선생님의 이야기에 집중하지 못하고 있는 채송화 선생님을 상담장면으로 데리고 들어왔다.

"아뇨, 전혀 그렇지 않아요. 단지…."

"……."

"저에게는 돈만 벌어다 주는 남편이에요."

채송화 선생님의 착 가라앉은 목소리에 집단원은 침묵으로 그녀가 말을 잇기를 기다렸다.

"허."

"……."

짧은 커트머리. 치마정장. 빨간 구두나 초록색 구두. 완벽한 커리어 우먼의 옷차림으로 프로그램에 참석하였던 채송화 선생님. 직장을 다니지 않는다고 했었다. 언제나 흐트러짐 없는 자세였던 그녀의 어깨가 위 아래로 움직였다. 깊은 울음이 터져 나왔다. 곽티슈가 그녀 옆으로 조용히 전달 되었다. 집단원은 저마다 고개를 위로 향하거나 고개를 아래로 떨구거나 하며 기다려 주었다.

"모르겠어요. 왜 그러는지?"

"선생님들은 지금 채송화 선생님의 기분은 무엇일 것 같나요?"

외로움, 배신감, 창피함, 후회, 서러움 등 여러 감정들이 나왔다.

"여러 선생님들의 말씀 중에 채송화 선생님 마음을 제일 가깝게 표현한 것은 어떤 건가요?"

"두려움이에요."

채송화 선생님은 여러 감정 중 두려움을 선택했다.

"두려움이라고 말씀하신 선생님은 누구신가요?"

지난주 아들 문제로 콧물 눈물 다 흘렸던 송 선생님이 오른 손을 들어 표시 후 손을 내렸다.

"왜 두려운 감정이 올라왔는지 들려주실 수 있을까요?"

송 선생님의 설명을 집단원 모두는 경청했다.

내담자가 너무 긴장하거나 감정적 스트레스 상황으로 힘들 때 객관화하여 자신을 탐색하도록 돕는 것도 상담에서 중요한 기법이었다. 채송화 선생님이 두려워하는 감정을 깊이 나누었다.

특별한 것도 아닌 것으로 싸움이 시작되었다고 했다. 순간 미워서 남편의 요구를 거절한 것이 계기가 되어 남편과 말 한 마디도 없이 살고 있다고 했다. 아이들하고는 잘 놀다가도 채송화 선생님이 그 놀이에 함께하려고 하면 차갑게 변한다고 했다. 채송화 선생님은 웃지도 울지도 못하는 표정으로 흘러내리는 눈물을 닦았다.

시간이 지날수록 남편에게 더 심한 거절을 당할까 하는 두려움이 채송화 선생님을 힘들게 했던 핵심감정이었다.

"선생님, 이제 선생님이 어떤 마음인 줄 아셨지요. 제가 제안을 하나 해도 될까요?"

"네."

"그럼, 지금 이 맘 그대로 아이들 다 잠들면 창고 방으로 가지 말고 무조건 베개를 들고 남편 분의 곁으로 가서 누워보세요."

"……."

"남편분도 기다리고 있을 수 있어요."

채송화 선생님은 순간에 많은 생각을 하고 있을 것이다.

"……."

나와 집단원은 그녀의 선택을 기다리고 있었다.

"해 볼게요."

1주일 후 다시 만나는 시간.

"선생님, 남편에게 6년 만에 장미꽃 선물을 받았어요. 고마워요."

채송화 선생님은 수업도 시작하기 전에 와서 내게 귓속말을 하며 활짝 웃으셨다.

'부부싸움은 칼로 물 베기' 라고 하는데 눈에 보이지 않아도 부부는 상처를 입는다. 부부사이는 이제 희생적 사랑이 아니어야 한다. 자신의 생각을 말한다고 해서 달라지는 것이 없다고 미리 포기하지 않았으면 좋겠다. 내가 먼저 말하면 자존심 구겨지는 일이라고 생각하지 말자. 부부는 존경하는 사이여야 한다. 한 순간의 자존심으로 지옥에서 사는 아픔을 겪지 않았으면 하는 바람이다.

4. 내 남편은 사막입니다

2016년 가을.

공주도서관에서는 부모교육, 다른 평생학습기관에서는 '독서치료 심리상담' 프로그램으로 새로운 만남을 시작했다. 대전 뿐아니라 세종, 서천 등 두 시간 이상 이동해야 하는 곳에서도 참여하시는 것이 놀랍고 신기했다. 어떻게 알고 참여하시냐는 나의 질문에 다 아는 방법이 있다고만 하신다.

전래동화 『반쪽이』를 읽었다. 반쪽이의 겉만 보고 판단하지 않은 셋째 딸의 고운 마음씨를 칭찬하면서 나의 반쪽에 대한 이야기를 이어나갔다. 양면 색종이 중에서 원하는 종이를 가져가게 한 후
"색종이에 선생님들의 남편을 한 마디로 표현하시고 칠판에 붙여주세요."
"어느 쪽에 적을까요? 선생님."
"마음대로입니다."

생각하는 시간이 흐른 후 칠판에 색종이가 하나 둘 붙여졌다. 어두운 색깔의 색종이에 글씨가 표나게 남편을 상징하는 단어를 쓴 집단원이 있었다. 집단원의 작은 표정 변화도 볼 수 있어야만 하는 것이 집단 상담을 운영하는 지도자의 자세였다. 글을 쓸 때 잠시 멈추는 작은 움직임도 집단역동의 단서가 되기도 했다.

철부지, 산, 울타리, 친구, 불쌍하다, 곰탱이, 칠판의 색종이를 하나하나 읽어 나갔다.
"어머, 멋지다."

"하하하!"

강의실이 집단원의 반응하는 소리로 가득 찼다.

"내 남편은 사⋯."

진한 갈색에 연필로 써 잘 보이지 않았다.

"이거 무슨 글자인가요?"

강의실 맨 앞에 앉아 있는 박 선생님께 종이를 내밀며 도움을 요청했다.

"막 자 같은데."

"내 남편은 사막."

순간 정적이 흘렀다.

"가장."

나는 몇 장을 더 읽었다.

"남편을 나름대로 정의해 보니 어떤 생각이 드나요?"

집단원이 서로 자신의 느낌과 생각을 나누었다.

"오늘 저는 남편을 사막으로 표현한 분과 이야기를 더 나누어 보고 싶네요. 혹 공개를 하실 수 있나요?"

"저에요."

이번 학기에 총무를 맡은 선생님이었다.

"지금 남편분에 대해 선생님이 느끼는 감정을 다루어도 괜찮을까요? 불편하다면 다른 분부터 시작해도 되니까요?"

"괜찮아요. 어차피 이야기하고 싶었어요. 지난주 상미 선생님이 딸 이야기 하는 것 보고 해 보고 싶었어요. 괜찮아요."

'괜찮아요.'를 강조하는 것이 나에게는 '안 괜찮아요.'라고 말하고 있는 것처럼 불편함이 되어 들렸다. 순간 나는 갈등을 했다. '어디까지 다루어야 할까? 시작할까?' 마음은 갈등하는데 입은 먼저 다루기로 결정했다고 통보하고 있었다.

"감사해요. 허락해 주셔서."

"……."

"사막? 사막이 가지는 이미지는 어떤 것인가요?"

"막막하지요. 물도 없고. 메마르고."

"남편이 어떨 때 사막처럼 느껴지나요?"

"언제나요."

총무 선생님은 아주 덤덤하게 반응을 했다.

"후유."

"어쩜 좋아."

안타까운 마음들이 탄식이 되어 터져 나왔다.

"선생님들, 잠깐! 집중해 주세요."

"……."

늘 밝게 웃던 총무 선생님 모습 뒤에 숨겨진 아픔이 표현되었다. 총무선생님은 캐리커쳐를 잘 그렸다. 그래서 상담초기 자기소개 시간에 캐리커쳐로 자신을 표현했었다. 너무 멋지다는 집단원의 부러움을 사기도 했다.

"선생님, 남편이 어떨 때 사막처럼 느껴지나요?"

"매일이죠. 매일."

반응을 해야 하는데 당황스러웠다. 이럴 때 솔직함으로 다가가야 했다.

"선생님, 매일이 사막 같다고 표현하시니까 당황스러워요. 사막 같다는 말을 들으니 저는 숨이 막혀왔어요. 더욱이나 매일이라는 말은 더욱 숨이 막혀요."

"그치요. 매일 숨이 막힌답니다."

총무 선생님은 침묵을 깨고 자신의 이야기를 했다. 아들 둘은 장애

판정을 받았다고 했다. 첫 아이가 장애를 가진 아이로 태어나서 아이를 갖는 것이 두려웠지만 정상인 아이를 갖고 싶어 임신을 했다고 했다. 둘째도 장애를 가지고 태어났다. 이유를 알 수가 없었다.

시댁 쪽도 장애를 가진 사람이 없었다. 친정도 마찬가지였다. 총무선생님은 늘 뭔가 불안하다는 느낌속에서 살았지만 어디에도 말을 할 수 없었다.

첫 아이, 둘째 아이가 장애를 갖고 태어나서야 남편과 병원을 찾아갔는데 남편에게 문제가 있었다는 것을 알게 되었다. 남편은 위험한 화공약품을 다루는 곳에서 오랜 기간 근무했었고, 그 화공약품의 부작용으로 자기 몸에 변화가 있었다는 것을 어렴풋이 알았지만 아이 둘이 모두 장애를 가지고 태어날 줄 몰랐었다고 했다.

총무선생님은 장애를 가진 두 아이를 돌보는 것도 힘들고 힘들다 했다.

"아이들 낮 동안 장애인 복지관에 맡기고 그림 배우고, 이곳에 오는 거예요. 안 그러면 저 죽으니까요."

"선생님…."

"……."

이야기를 해 나가는 총무선생님은 분노와 배신감, 체념이 뒤섞인 채 말을 내뱉었다. 집단원이 하나 둘 훌쩍거리기 시작했다. 눈물을 계속 흘리는 총무선생님에게 휴지가 전달되었다.

"지금껏 남편이 밉고 원수 같았어요. 자신이 그런 위험한 일을 해서 아이들이 그렇게 태어난 원인이라고 말해 주지 않아서 나를 저주하고 산 세월이 한스러웠어요…."

모두들 일어서 그녀를 빙 둘러섰다. 그녀를 함께 안아 주었다. 프로그램이 끝나도 돌아가는 집단원이 없었다.

　한 사람이 살아가는 모습을 오랜 기간 살펴보지 않았다면 한 사람이 어떤 마음을 가지고 살아가고 있는지 함부로 판단하지 말아야 한다. 더욱 그의 말을 들어본 적이 없다면 평가하지 말아야 한다.

　총무 선생님은 프로그램에 참석할 때 늘 밝았었다. 언제나 나보다 더 일찍 와서 강의실 창문을 열고 환기도 시켰었다. 멋진 캐리커쳐를 그려 선물로 주었었다. 그녀는 자신의 모습이 가짜라는 것을 인지할 힘도 없었지만 필사적으로 웃고 몸을 고달프게 했던 것이었다. 그것이 그녀의 생존방식이었다.

　얼마나 아프고 힘들었을까? 그녀는 그날 돌아가 혼돈의 시간을 보냈다고 다음 프로그램 시간에 와서 말했다. 그런데 더 비참해지지는 않았다고 했다. 그러면서 똑같은 1주일을 살았지만 남편이 조금 덜 미웠다고 했다.

　나도 한 때 힘들다는 말을 밖으로 하지 않았었다. 남편과 자녀양육의 문제를 나누려고 하지 않았었다. '니는 이기적 존재라서 나를 도와주지 않는다.'고 미워했고 수 없이 밀어내며 내 곁을 내주지 않았다. '니가 니 자존심 때문에 사표를 집어 던질 때마다 나는 매일 전쟁을 한다.'고 말하지 못했다.

　'니 자존심과 내 자존심에 우리 아이들이 아프다.'고 말못했던 지난날이 떠오른다. 그때 나를 붙잡아준 것은 하나님과의 대화였다. 나의 투정을 다 받아주느라 하나님은 얼마나 힘들었을까? 나도, 총무 선생님도 삶을 살아내고 있었다. 밖에서 다른 사람들과 어울릴 때 들키고 싶지 않은 속마음을 감추면서.

　프로그램에 참여하면서 서로에게 모든 것을 이야기하며 진정한 위로와 힘을 받았다던 상담원들의 얼굴이 하나씩 떠오른다. 지금도 함께 아파했던 경험을 공유하고 있을 것이다. 그날 집단원 모두는

"어디서든 당신을 응원합니다. 당신이 지금껏 견디어 주어 고맙습니다. 총무 선생님이 진짜로 웃는 것을 허락합니다."

라고 말했다.

나는 오늘도 '독서치료 심리상담' 프로그램에서 사막이라 표현한 남편속에 숨어있는 오아시스를 총무 선생님이 발견하기를 소망한다. 그리고 남편에게 아주 조금씩이라도 곁을 내어줘 보라고 말하고 싶다.

5. 눈물이 나와요 이유를 모르겠어요

답답한 마음을 더 이상 담고 있을 수 없을 때 한 바가지 눈물을 쏟은 아내였다. 빨개진 눈을 보이기 싫어 혼자서 울 때가 있었다. 사랑하는 사람이 아프고 지쳐 쓰러질 것 같은 모습으로 있을 때 안쓰러움에 내가 더 아팠다. 농담하고는 거리가 먼 선생님이 우스갯소리를 할 때 너무 많이 웃어서 눈물이 나기도 했었다.

『열하일기』 가운데 박지원이 넓은 만주 벌판을 보고 '한바탕 울만한 자리다'고 한 일화가 있다. 연암 박지원은 사람은 슬플 때만 우는 것이 아니라고 했다. 울음에는 다양한 울음이 있다고 했다. 그런데 사람들은 슬플 때만 운다고 생각한다고 했다. 나도 사람의 울음에는 여러 뜻이 숨어 있다고 생각한다.

초등학교 때 우리 동네에서 꽤 먼 친구 동네로 놀러갔다가 집을 못찾은 일이 있었다. 친구가 저리로 쭉 가면 우리 집이 나온다고 하며 나를 배웅해 주었다. 걸어도, 걸어도 집이 보이지 않았다. 큰 길 한 가운데에 서서 공포감에 울었다.

4학년 때 친척은 아니지만 고모라 부르던 창원고모 집에서 한 달을 산 적이 있었다. 외국계 회사에 다니는 고모부도 낯설고 창원의 아파트도 신기하기보다는 무서웠다. 흙 마당에서 비석치기를 하면서 놀고 동네 안에서 모든 것을 해결하던 나였다.

남은 음식물은 개나 돼지의 먹이가 되었던 시골. 쓰레기는 쓸어서 거름자리에 버리고 태울 수 있는 것은 태우면 되었다. 창원고모네는 부엌 벽에 있는 네모 난 철문을 열고 봉투에 담은 쓰레기를 버렸다. 쓰레기 덩이가 내려가는 소리가 무서웠다. 나도 빨려 갈 것 같았다. 동생 둘을 세면대에서 씻기고 발을 어떻게 씻을지 몰라 물을 대야에 받아 쪼그려 앉아 씻었다.

"꼬리는 아직도 물을 받아 씻나? 이리 씻으면 된다."

"하. 하. 하"

하며 물이 나오는 세면대에 큰 발을 올리며 큰 웃음소리를 내던 고모부가 나를 '촌뜨기'라고 놀린 것 같아 눈물이 나기도 했다.

시간이 흐른 후 동생들을 돌봐 주는 일이 나의 역할이라는 것을 어렴풋이 알았다. 분유통에 담겨진 볶음 멸치를 먹으면서 집에 가고픈 마음을 달랬었다. 아파트 앞으로 아버지가 다니는 공장에서 자주 본 주황색 트럭이 지나가면 저 차를 타면 우리 집에 갈 수 있을 것만 같았다. 집에 가고 싶다는 말을 못 했다.

'너 우리 창원 갈래?'라고 고모가 던진 말에 '네.'라고 내가 스스로 대답했기 때문이었다. 한 달만에 돌아 온 고향이 너무 좋아 엄마를 부르면서 달려갈 때 내 숨겨진 마음을 아는 눈물이 하염없이 나오기도 했다.

도서관에서 '마음 톡, 북 톡' 프로그램을 3년 동안 진행하면서 만난 미창 선생님은 내 프로그램이 개설되기를 기다렸다고 한다. 다행히 내 강좌를 필요로 하는 사람이 있어 매년 프로그램을 진행할 수 있었다. 미창 선생님은 프로그램에 참석 할 때마다 새로운 사람을 데려왔었다. 같은 아파트에 사는 또래들이거나 아이의 유치원 학부모였다.

"선생님, 얼마나 기다렸는지 아세요?"

"잘 지냈어요. 요즘은 찬이 아빠랑 어때요?"

"늘 그렇지요. 그런데 많이 좋아졌어요."

"다행이네요. 그래도 미창 선생님이 버텨야 바뀌는데…. 파이팅."

"그래서 매번 오잖아요. 선생님께 배운 것 열심히 하고 있어요."

미창 선생님은 마음이 가는 집단원이었다. 적극적이고 이야기도 시원시원 하는 미창 선생님에게 나는 끌렸다. 몸도 통통하고 머리를 위로 동여 맨 미창 선생님. 경상도 억양으로 또박또박 말하는 그녀는 집단의 침묵을 못 견뎌했다.

그녀는 서른 여섯에 결혼을 했다. 듬직한 남편이 마음에 들었다. 남편은 꽃을 좋아하는 미창 선생님을 아껴주었고 꽃을 다루는 일은 잠시 쉬게 했다. 아이가 어느 정도 자라면 꽃가게를 다시 하도록 도와준다고 했다. 남편의 나이가 미창 선생님보다 두 살 더 많았다. 아이가 잘 들어서지 않아 스트레스를 받던 미창 선생님에게 하늘이 아들을 선물로 주었다.

남편은 주중에는 대형트럭을 운전하고 주말이면 대전에서 차로 2시간이나 가야 하는 시댁에 갔었다. 처음에는 미창 선생님도 함께였다. 남편은 시골에다 복숭아나무를 심었다. 주중에는 운전, 주말에는 복숭아 농장 일을 하니 힘들었다.

시부모는 그런 남편을 대견해 했다. 미창 선생님은 남편이 없는 주말이 싫었고 쉼 없이 일에 매달리는 남편의 건강이 걱정되었다. 시부모는 미창 선생님이 시댁에 오지 않는 것을 싫어했다. 남편은 자신을 도와주지 않는 미창 선생님에게 함께 가자는 말은 하지 않았지만 시부모가 손자를 보고 싶어 한다고 전해 주었다.

세 살 아이가 혼자 갈 수는 없는 일이었다. 미창 선생님은 '독서치료 심리상담' 프로그램에 처음 참여할 때 모든 것을 불투명하게 처리하는 시부모와의 갈등으로 지쳐있었다. 또 남편의 일 중독과 건강문제, 생활주거지를 옮기는 문제로 남편과도 갈등하고 있었다.

젖소 100마리를 키우는 60대의 목장주, 내 모든 프로그램을 찾아 듣고 있는 청소년 자녀를 둔 주부, 육아에 전념하는 새내기 엄마, 학습지 교사, 방과 후 교사, 운동코치, 아동센터 선생님 등 다양한 직업을 가진 여러 세대의 수강생들을 대상으로 집단상담을 시작했다.

『방귀쟁이 며느리』를 매개물로 사용했다. '가슴의 답답증 표현하기'를 한 날이었다. 책을 읽어가는 동안 모두들 재미있어했다. 며느리가 시집온 후 방귀를 못 뀌어 표정이 바뀌는 부분에서 나는

"자. 방귀를 참는 며느리의 표정에 집중합시다."

하며 한 박자 쉬고 책을 천천히 집단원 얼굴에 가까이 가져갔다.

"아이구, 힘들겠다. 요즘 이런 사람 없을 거예요."

민 선생님이다.

"그냥 시원하게 뀌지."

목장주 선생님이었다.

"누렇게 변해가는 새댁의 표정 좀 보세요. 저도 그럴 때가 있었어요. 선생님."

구 선생님이었다.

"언제 그러시나요?"

"화장실 갈 때지요. 뭐"

막힘 없는 대답이다.

"여러분, 이 며느리의 변화를 알아차린 사람은 누구인가요?"

"……."

모두들 이야기에 푹 빠져 있어서 놓친 것이었다.

"모르시겠죠? 시·아·버·지 입니다. 남편이 아니고."

"아이구, 정말 그러네. 자세히 못 본 것 같아요."

목장주 선생님이 손뼉을 치며 알아채지 못한 것을 아쉬워 했다.

우리는 자세히 보는 것에 대한 이야기를 나누었다. 자세히 보지 못

해 실수했던 경험도 나누고 스스로 해결방법도 찾아보았다.

마음을 울린 그림을 선택하고 그 이유를 이야기했다.

"며느리가 참았던 방귀를 뀌는 장면이요. 한 가운데 서서 당당하게 서 있잖아요. 색깔도 멋지고."

미창 선생님이었다.

"참았던 방귀를 뀐 며느리의 마음을 표현해 볼까요?"

집단원들은 내 요구에 반응을 했다.

"오! 자유"

오 선생님이었다.

"완전 통쾌했을 것 같아요."

구 선생님이었다.

"선생님, 저는 눈물이 나와요. 이유를 모르겠어요."

"미창 선생님은 다른 선생님들이 통쾌하거나 자유라고 한 이 장면에서 눈물이 났군요. 그렇지만 이유는 모르겠다고 하셨어요. 앞에 선생님들의 말에 눈물이 난 것일까요? 그림 때문에 난 것일까 천천히 감정을 따라 가보세요."

"……."

고개를 갸우뚱하는 미창 선생님을 지켜보았다.

"둘 다인 것 같아요."

"둘 다? 좋아요. 그렇다면 지금 미창 선생님은 하고 싶은 것이 있나요? 지금 이 순간?"

"며느리처럼 해보고 싶어요. 마음껏 표현하고 싶어요."

"그럼 해 볼까요?"이리로 나오세요.

미창 선생님을 가운데에 서게 했다. 가슴을 펴게 하고 그림 속 며느리처럼 하늘을 향해 몸을 뒤로 젖히고 팔을 펼 수 있는 한 최대한 활짝 펴게 했다.

"지금 기분은 어떤가요?"

"웃겨요."

"네. 손을 내리고 편한 자세로 돌아오셔도 됩니다."

"며느리처럼 참고 있는 것이 있나요?

"후"

한숨을 미창 선생님은 내쉬었다.

"너무 많아요. 아침에도 우리 부부 싸웠어요. 일 중독인 것 같아요. 우리가 싸우니까 아들 찬이가 눈치를 봐요. 시댁 어른들도 우리만, 막내아들만 쳐다보고 있어요. 매일 싸워요. 못 말려요. 나도 아픈데, 혼자 있기 싫다고 해도 가요. 내버려 둬요."

"선생님이 지쳐있다는 생각이 드네요. 아들 찬이도 걱정이고 트럭을 운전하는 것만 해도 피곤한데 또 일을 하니 남편 건강이 염려되네요. 외롭고…. 제 이야기를 들으니 어떠세요?"

"점쟁이 같아요."

"점쟁이 아니고요, 미창 선생님의 말이 이야기하고 있어요. 혹 본인의 말투를 들어보셨어요?"

"시댁 문제에는 민감해지고 짜증나는 목소리 같아요."

"자, 선생님들은 어떠시나요? 자신의 이야기를 얼마나 전달하고 있나요?

"며느리가 말하지 않았을 때 방귀를 참았을 때 몸은 어땠나요? 고운 처자가 사람이 아닌 표정이죠. 가체 없는 머리도 다 망가지고…. 여러분은 몸이 아프지는 않았나요?"

"다 말은 못하고 혼자 끙끙 앓았던 것 같아요."

마산에서 시집왔다는 홍 선생님이 답을 먼저 해주었다.

"미창 선생님, 왜 눈물이 났는지 이야기해 볼 수 있을까요?"

"내가 방귀쟁이 며느리였네요."

"무엇이 방귀쟁이 며느리가 미창 선생님이라고 생각하게 하는지 말할 수 있나요?"

"답답해도 말 안하고 남편에게 징징거리면서도 또 과수원 일 도와주는 거요."

선생님은 너무 착했다. 거절하지 못하고 끌려다녔던 것이었다. 시부모님 앞에서는 이야기도 못 꺼냈다. 시아버지가 며느리의 고통을 알아준 것에 눈물이 난 것임을 탐색하는 과정을 통해 알게 되었다.

나는 말 못하고 착하고 '내가 참으면 되지'하며 10년을 살아낸 나를 미창 선생님한테서 보았던 것이다. 상담을 배우기 전의 나의 모습이 미창 선생님에게 고스란히 있어 역전이가 일어났다. 미창 선생님의 심리적 불편감을 해소하기 위해 노력했고 미창 선생님이 회복되는 만큼 나도 과거에서 벗어나는 통찰이 이뤄졌다.

내가 생각하는 현대인은 자신의 생각을 뚜렷하게 밝히는 사람이다. 아프다고 이야기하자. 남의 평가를 두려워하지 말자. 말은 해보고 상대가 안 변하면 잠시 기다리자. 사랑하니까 달라지라고 강요하지 말자. 내가 불편한데 상대에게 계속 맞춰주니 상대는 안 변한다. 내가 빨리 변하자. 오늘도 자신을 사랑하자.

행복해지는 가장 쉬운 방법 중 하나는 행복한 사람 옆에만 있어도 행복 바이러스가 번져 나가 행복해 진다는 말이 있다. 내가 두 발을 딛고 단단히 서서 행복의 바람을 일으킨다면 내 주변에도 행복의 봄바람이 불어 나갈 것이다.

6. 다섯 번 도전해도 안 되면요?

초봄이 시작되면 마당 들청에는 20Kg 종자용 감자 박스가 50개가 쌓였다. 그러면 동네 어머니 친구 서너 명은 언덕 위 우리 집에 모였다. 칼도 한 자루씩 들고 말이다. 밭에 심을 감자 눈을 따러 오는 것이다.

"우야, 바람이 차다. 들어가라."

어머니 친구들은 나를 남편 이름의 끝자로 불렀다. 밖에 나와 있는 나를 들어가라고 하는 것이었다. 3월 길목에서 부는 바람은 찼다. '어른들이 일하시는데 어찌 들어갈 수 있나.' 나는 선선히 대답만 하고 그 자리를 지켰다.

"수정 댁이 감자 좋은 것 샀네."

머리 수건을 쓰고 매서운 바람을 맞으면서 다섯 여인네들은 손을 부지런히 움직였다. 도마에 감자를 올리는 동시에 칼로 감자를 쪼개고 감자가 도마에 쌓이면 함지박에 쓸어내리는 동작이 반복되었다. 대야에 감자가 쌓이면 까만 재를 한 움큼, 가는 모래를 한 움큼 함지박에 넣고 위·아래, 좌·우로 흔들었다. 종자의 씨눈을 따라 여러 조각을 낸 후 모래를 뿌려 보관해야 서로 달라붙지 않는다고 했다. 나는 모래와 재를 뿌리는 일을 했다. 이렇게 감자 눈을 따 감자 밭에 심고 나면 이번에는 모내기 준비다.

볍씨를 커다란 고무대야에 담고 물을 받았다. 소독약을 넣고 물에 담가 놓았다. 물을 여러 번 갈아주었다. 볍씨를 바구니에 담아 물을 뺀 후 눈이 나오면 흙을 채워 모판을 만들었다. 나는 하얀 플라스틱 모판을 날랐다. 무도 잘 뽑고 단감도 잘 따는 나를 보고 도시사람 같지 않다고 했다. 명절 때, 큰 형님은 미장원을 하니 일찍 올 수 없어 내가 음식을 했다. 나는 전 부치기와 튀김을 척척 해내었다. 탕국용 무도 박도 곤약도 다 잘라 봉지에 담아 냉장고에 보관했다. 어머니와 함께 사는 10년은 '좋은 게 좋은 거야.' 라며 살았다. 명절 때 흔적을 너무 남기고 간 둘째 형님네 때문에 어머니와 크게 싸운 일을 제외하고는 말이다.

그때 나는 시집살이 개념이 없었을 것이다. 동네 아이들을 가르치느라 바빴고 그냥 큰 의미를 두지 않았었다. 명절 음식준비를 하고 나는 방에 들어가 안 나왔다. 만화책을 60권씩 쌓아놓고 읽거나 책을 읽었다. 그것이 나의 스트레스 해소법이었다. '폭식'이 아닌 '폭독'이 내가 선택한 방어기제 중 하나였다는 것을 나중에 알게 되었다.

부당한 대우에 화나고 서운한 감정을 폭독을 하면서 싹 감추었다는 것을 알게 되었다. '가까이 있는 사람은 당연히 하는 것이고 멀리서 오는 사람은 일을 안 해도 된다'는 생각이 잘못된 것이라는 것을 상담을 공부하면서 알게 되었다.

둘째 언니는 키가 작다. 자신이 작은 이유는 어릴 때 통대 바구니에 무를 가득 담아 머리에 이고 다녔기 때문이라고 했다. 언니랑 두 살 차이인데 나는 그런 기억이 없다. 오남매를 가진 것 없이 가르치려면 아버지 엄마는 새벽부터 일터로 나가야 했다. 엄마는 현금이 있어야 한다며 대바구니 공장에 다니셨다.

아버지는 어깨로 쌀을 지어 나르는 공장에 다니셨다. 아버지는 기계도 관리한다고 하셨다. 아버지의 일이 얼마나 힘든 일인지는 초등학교 3학년 때 알게 되었다.

엄마가 아침에 집안일을 하고 공장에 가면 나머지 일은 우리가 해야 했다. 가을 아침이면 호박을 따서 호박꼬지를 만들었다. 엄마는 호박을 얇게 썰어 물에 담갔다. 언니와 나는 엄마가 썰어 물에 담가 놓은 호박을 건져 바구니에 담았다. 물을 흘리면서 마당으로 가지고 가서 반듯하게 호박을 널고 학교에 갔다.가을볕에 호박은 잘 말랐다. 호박꼬지는 사나흘 말리면 물기가 없고 하얀 빛깔이 되어 쪼그라들었다. 그러면 또 그것을 걷어야 했다. 걷을 때 호박꼬지에서는 향이 났다.

김치는 초등학교 2학년 때부터 담갔다. 비록 너무 많이 뒤적여 풋내가 났지만 말이다. 나는 왕겨를 태우는 것이 좋았다. 풍구로 바람을 일으키며 밥도 했다. 오른손으로는 풍구를 돌리면서 왼손으로는 왕겨를 적당히 던져 주며 불을 조절해야 했다. 어찌 이 일 뿐이겠는가? 우리 집에서는 학교 육성회비를 마련하기 위해 토끼, 염소, 닭, 오리, 돼지를 키웠다.

우리는 이 동물들을 먹이기 위해 꼴도 베어 왔고 이집 저집 다니며 돼지밥도 걷어왔다. 엄마, 아버지는 새벽과 밤을 이용해 농사를 짓고 김장도 하고 집안일을 했다. 나도 당연히 부모님의 일손을 도와야 했다. 그 중 가장 중요한 일은 막내를 보는 것이었다. 시골 촌부의 딸인 나는 일을 하는 것이 그다지 두렵지 않았다. 손이 필요하다 싶으면 벌써 그 자리에 가 있었다.

도서관 프로그램에서 만난 현경 선생님은 너무나 말라 있었다. 목욕탕에 가면 다른 사람들은 현경 선생님을 환자 취급했다. 현경 선생님은 옷차림이 보통 사람과 달랐다. 내가 보기에 너무 눈에 띈다 싶을 정도로 화려했다. 현경 선생님은 사람들과 잘 어울렸다. 안도현의 『관계』가 그날의 책이었다.

모두의 희생을 아는 꼬마 도토리 이야기였다. 어린 도토리를 쥐와 수위 아저씨의 빗자루에서 지켜 내기 위해 나뭇잎들이 모든 것을 내놓고 거름이 되는 장면이 나온다. 그림책을 보면서

"외롭다."

하며 무심코 던진 현경 선생님의 말. 이 한마디 절규 같은 말이 현경 선생님을 탐색하는 계기가 되었다.

"징그러워요. 그만두고 싶어요."

현경 선생님은 고부간의 갈등으로 살이 찌지 않았다. 나는 빈 의자 기법을 상담 장면에 사용하였다. 빈 의자에 현경 선생님의 시어머니를 앉게 했다.

"시어머니가 여기 있다고 생각하고, 하고 싶은 말을 해 보세요."

"……."

그녀는 부들부들 떨었다.

"어머니가 앉은 의자를 현경 선생님이 편한 곳까지 가져가 주세요."

강의실 귀퉁이까지 의자를 밀어내는 현경 선생님이었다.

"시어머니를 등에 보이게 앉게 해도 되나요?"

"네."

"이제 편안한 마음이 드나요?"

"불편하지만 조금전 보다는 나아요."

"그러면 하고 싶은 말을 해 볼까요?"

"안 돼요. 못하겠어요."

집단원 모두가 '보조자아'가 되어서야 그녀는 말을 했다.

그녀는 시댁에서 환영받지 못했다. 시어머니는 얼굴 하나로 아들을 말아먹은 며느리라며 구박했다. 시어머니가 부르면 바리바리 음식을 만들어 가야 했다. 때를 가리지 않는 호출에 언제나 긴장하며 대기해야 했던 그녀는 말라 갔다. 얼굴에서 웃음이 사라졌다. 약사아들에게 빈손으로 시집 왔다며 그녀를 종처럼 부렸다.

현경 선생님의 두 아들이 성장해 나가도 시어머니의 태도는 변화가 없었다. 아이들도 할머니를 싫어해 더 걱정이라고 했다. 형님도 내

로라하는 집안의 딸이고 큰아주버니도 변호사다. 현경 선생님은 시댁에서 외톨이가 되어갔다. 남편은 현경선생님의 말을 들어주지 않고 시댁 말만 듣는다고 했다.

"형수도 일하고 자기는 집에 있으니 해야지."

라고 말하는 남편 말에 속이 터질 것 같다고 했다. 아파도 시어머니 생일상을 차려 가야 한다고 했다.

현경 선생님은 호흡을 크게 하더니 말을 시작했다.

"어머니, 저는 종이 아니라 며느리에요. 며느리."

함께 한 모든 보조자아들이 그녀의 어깨에 손을 올려 지지해 주었다. 울음이 봇물 터지듯 터졌다. 함께 이야기 했다. 느낌을 나눌 때 현경 선생님은 속이 뻥 뚫린 것 같다고 했다. 다른 집단원은 '이제 자식도 다 컸으니 그만 하라'고 현경 선생님에게 말했다.

"선생님, 말을 하라고 하셨잖아요. 연습해도 잘 안 되었어요."

"말을 하면 시댁 반응이 어떨지 미리 걱정이 되었군요. 지극히 정상이에요. 그래서 여기, 안전한 상담 장면에서 연습해 보는 거예요. 지금처럼이요."

"……."

견뎌낼 시간이 필요했다.

"……."

긴 호흡을 하는 현경 선생님을 우리 모두는 지켜주어야 했다.

"다섯 번 해도 안 되면 어쩌지요?"

"많이 불안하군요. 그래도 '다섯 번은 해 봐야겠다.'고 다짐을 한 현경 선생님 멋져요."

"……."

깊은 호흡을 하며 자신의 가슴을 쓸어내리는 선생님을 기다렸다.

"후~"

숨을 내뱉고 허리를 펴며 주먹을 쥐며 의자를 똑바로 쳐다보고 있었다.

"해 볼게요. 이대로 더 있다가는 제가 죽을 것 같아요."

자신의 생각을 표현하지 못하고 속으로 담고 있을 때 우리 몸은 신호를 보내온다. '말 해. 말 한다고 해서 지구는 멈추지 않아. 말 안하고 아픈 것 보다는 말하고 안 아픈 것이 나아.' 나도 말을 하지 않고 책을 보는 것으로 스트레스를 풀어냈다.

현경 선생님, 지금은 시댁에서 한 인격체로 존중받고 살아가고 있나요? 갈 곳이 없어 여기저기 돌아다니다 프로그램 안내서를 보고 그냥 도서관에 와 본 것처럼 그냥 마음이 시키는 대로 해보고 있나요?

누구의 며느리, 누구의 아내, 누구의 엄마가 아니라 현경선생님으로 살고 계시지요? 화려한 옷차림 뒤로 꼭꼭 숨지 않고 살아가고 있는 것이지요?

6. 2년 만에 처음 외출한 날입니다

　도서관을 비롯한 평생학습기관에서 집단상담을 하고 상담실에서는 다양한 형태의 상담을 하고 있다. 평생학습기관의 교양강좌를 찾아 듣는 수강생들은 대부분 성인강좌가 평일 오전 10시에 진행되니 그 시간에 아무래도 다른 일을 하지 않는 사람일 거라고 생각했다. 그런데 오전에 강좌를 듣고 오후에 출근하는 사람도 있었다. 또 개인으로 들으려면 수강료가 비싸니 최소경비로 높은 수준의 강좌를 들을 수 있어, 온 수강생도 있었다. 프로그램을 신청하는 사람은 다양했다. 프로그램에서 얻고 싶은 것도 다양했다.

　내가 진행하는 '독서치료 심리상담' 프로그램 강좌명은 조금씩 다르게 나오지만 큰 주제는 '나를 만나는 것'이었다. 프로그램을 진행하면서 모든 사람들은 겉모습과 다른 모습을 하나쯤은 가지고 있다는 것을 알게 되었다. 나는 '독서치료 심리상담' 프로그램에 참여하는 집단원에게 이야기했다.
　"이 곳은 15회기 동안 여러분의 삶을 보여줘야 하는 곳입니다. 다른 사람이 살아 온 이야기를 듣고 보는 곳입니다. 이곳에서 나눈 이야기는 밖에서 하면 안 됩니다. 혹시 꼭 해야 할 경우가 생긴다면 버스 안에서는 하지 마시기 바랍니다. 가명으로 이야기하셔야 합니다. 안하는 것이 가장 좋습니다. 비밀을 지켜주어야 합니다.
　저도 상담사례로 이야기하거나 기록을 남길 때는 가명으로 하겠습니다. 제가 여러분의 사례를 사용하는 것에 동의서를 작성해 주시면 감사하겠습니다. 동의하지 않은 경우는 사례를 절대 사용하지 않겠습니다. 비밀약속을 지킬 수 없으면 프로그램에 안 나오셔도 됩니다."

"사람 사는 이야기인데 뭘 동의서까지 받아요."

하면서도 대부분의 수강생은 동의서를 작성해 주었다.

"본인 활동 작품은 프사로 사용하셔도 다른 집단원 얼굴은 안 보이게 해주세요. 저는 괜찮습니다. 활동사진이 필요하시면 여러분의 등이 나오게 찍으셔야 하고요."

대수롭지 않게 생각할 수 있지만 이것은 중요한 약속이었다. 도서관에서 만난 사람들의 이야기를 상담사례 발표처럼 전 과정을 여기에 기록 하지 못하는 아쉬움이 남지만 기록들을 다시 보면서 함께 해준 많은 수강생들의 얼굴이 지나갔다.

"이 종이에 집을 그리세요."

가로로 종이를 주면서 그림검사를 시작했다.

"어떤 집을 그리나요?"

내 뒤쪽에서 들려오는 질문이었다.

"자유입니다."

"다른 것도 그려도 되나요?"

오른쪽에서 들려왔다.

"자유입니다. 마음대로 그리셔도 됩니다."

"하도 오랜만에 그려봐서 잘 안 그려지네."

누군가 혼잣말을 하였다.

"좀 집이 비틀어진 것 같은데 지우개로 지울까? 에라 모르겠다."

무어라 계속 말을 하며 그리는 수강생, 묵묵히 그리는 수강생, 불편함을 호소하는 수강생 등 다양하다. 집단원이 어떤 태도로 그림을 그리는지 살펴야 했다. 이 모든 것이 그림검사 해석에 중요한 근거가 되기 때문이었다.

"자 이번에는 나무를 한 그루 그려보세요."

세로로 종이를 주었다. 가로로 종이를 돌리며 그리는 사람이 있지만 그것 또한 자유였다.

"다른 것 그려도 되나요?"

오른쪽에서 들려오는 두 번째 질문이었다.

"네, 자유입니다."

'어쩌면 이 수강생은 사랑을 간구할지도 모르겠네.' 나는 동일한 질문을 한 수강생 뒤로 가서 지켜보았다.

"이번에는 사람을 그려보겠습니다."

"……"

이제 지우개로 지우는 소리만 들렸다. 다른 종이에 방금 그린 사람과 반대 성을 가진 사람을 그렸다. 그림에 대한 추가 질문을 하고 빙 둘러 놓은 책상 사이를 오가며 그림을 보았다.

나는 한 그림에서 멈추었다. 그림의 형체를 알아볼 수 없도록 희미한 선, 종이를 가로로 놓고 꽉 채운 축 처진 수양버들 나무의 수형, 집은 두 채가 있었다. 사람은 표정이 없었다.

"아버님, 이건 뭐예요?"

"집, 우리 집이에요. 여긴 비닐하우스, 여긴 내가 살고 있는 집."

"이것은요?"

"빨래를 널어놨어."

"……"

"왜 내 그림이 이상해?"

"아뇨. 선이 약해서 무엇인지 궁금해서 여쭤 본 거예요."

"아버님, 나무가 힘들어 보이네요."

"……"

"……"

침묵을 못 견디고 아버님이 먼저 입을 열었다.

"그림이 그렇게 말하나요? 선생님."

그 목소리가 너무나 슬퍼서 나는 대답을 못했다.

다른 그림들도 다 보고 내 자리로 돌아와서 섰다. 그림에 대해 이야기를 주고받았다.

"진짜 다 다르네요."

홍 선생님이 감탄하며 말을 했다.

"네. 여러분의 그림솜씨를 보는 것이 아니에요. 그림만으로 다 알수는 없지만 여러분이 작성해 준 '문장완성검사'와 다음 시간에 있는 심리검사를 함께 종합해서 서로 이야기 나눌 거예요."

"긴장이 되네요. 간단하게 그림을 보고 이야기 하는데도 저를 다시 보게 되었는데…"하며 한 수강생이 마무리하고 일어서면서 내게 말을 했다. 나는 웃음으로 답을 했다.

프로그램을 마치고 나는 그림을 찍어 슈퍼바이저께 보여드렸다. 그림에 대한 해석을 부탁했다. 전반적으로 힘이 없는 상태고 극심한 스트레스 상황인 것 같다고 했다. 이야기를 깊이 나누어 보는 것이 좋겠다고 했다. 도서관에서 하는 프로그램에서 그림검사를 수강생에게 실시하고 있었는데 이렇게 약한 필압으로 그린 그림은 처음이었다. 게다가 집에도 부수적인 것들이 많았고 필선이 많이 끊어져 있었다. 문장검사에도 가족관계에 어려움이 있었고 가장 후회되는 것은 딸아이를 지켜주지 못한 것이다. 라고 적혀 있었다.

"아버님, 괜찮으시면 저랑 이야기 조금만 나누어 줄 수 있으세요."

"네, 선생님."

"아버님, 심리검사 결과가 많이 힘들다고 나와요. 심리적으로 많이 힘드셨던 일 있으셨어요?"

아버님의 눈이 흔들렸다.

'네 번째 만나는 사람에게 그것도 자신보다 어린 나에게 마음의

문을 여실까?'

"……."

두 손으로 얼굴을 감싸며 고통스러워했다.

"……."

기다렸다. '극심한 스트레스'와 '죽음'이라는 단어가 주는 두려움 때문에 나는 수업 후에 아버님을 따로 만났다.

"선생님, 고마워요. 나에게 말을 해주어서…."

"아니 별 말씀을요. 아버님, 많이 힘든 일이 있으셨어요?"

아버님 눈에 눈물이 고였다.

"……."

천정을 향한 목줄기가 한 번 두 번 움직였다. 눈물을 삼키고 있었다.

"……."

"저 선생님 프로그램에 신청을 시작 하루 전에 했어요. 그날이 제가 2년 만에 처음 외출한 날이었답니다. 심리학이라는 단어에 신청해 봤어요. 도움이 되면 좋겠어요."

"2년 만에 외출이라고요?"

"차차 이야기가 나오겠지요. 아무튼 고마워요."

"네, 다음 주에 만나요."

2년 만에 외출한 아버님의 사연을 만날 수 있었다. 아버님의 별이며 자랑인 딸을 땅에게 돌려주지 못하고 1년 동안 딸의 유골함을 집에 두고 지내셨다고 했다. 만삭인 딸은 출산 휴가에 들어가게 되어 자료를 후임에게 넘기기 위해서 여러 날을 야간근무까지 해야만 했다. 그러다 야간 근무 중 산통이 와서 병원으로 옮겼는데 둘 중 하나만 살 수 있다는 의사의 말에 딸은 아이를 남기고 하늘나라로 갔다고 했다.

시골만 아니었어도 딸을 살릴 수 있었는데 못 살렸고 죽음과 맞바꾼 손자를 키우고 있다고 했다. 회사에서 산재를 인정하지 않아 산재로 인정 받기 위해 1년을 눈물로 싸웠고, 겨우 산재를 인정받았다고 했다. 둘째는 죽은 언니에게 매달려 사방팔방으로 뛰어다니는 아버님이 고집불통처럼 느껴져 아버지를 모질게 대하고 있다고 했다. 그리고 2년 만에 기적처럼 외출을 했는데 그곳이 도서관이었고 심리학이라는 단어 때문에 오게 되었다고 했다.

아버님, 시완이는 잘 크고 있지요? 저희는 도서관 프로그램이 끝나고도 계속 연락을 하고 있지요. 아버님은 시완이 사진을 보여주면서 잘 지낸다고 알려주시고요. 그리고 시완이 발달에 맞는 책도 소개해 달라고 부탁도 하시면서요.

사진 속에 시완이가 아버님 많이 닮았다고 하자 딸을 담아서 그렇다고 하셨지요. 아버님이 동양화를 배운다고 하셨을 때 얼마나 기뻤는지 몰라요. 아버님은 '선생님 덕분입니다.'라고 하셨지요. 작년 크리스마스 때 경쾌한 음악에 맞춰 산타할아버지가 되어 춤을 추는 동영상을 보고 얼마나 웃었는지 몰라요. 둘째 따님과도 화해를 했다고 하셨지요. 언제나 응원해 주신다고 하신 말씀 감사합니다.

제4장

책으로 나눈 아픔
그리고 성장

Pain divided by book, and growth

제 4장 책으로 나눈 아픔, 그리고 성장

중·고등학교 때 세상을 향해 눈을 뜨기 시작했다. 80년 5월은 한국 사에서 아주 중요한 일이 일어났었다. 초등학교 6학년이던 나에게는 한 달 동안 학교에 가지 않은 기억과 함께 5월이 있다. 광주에서 담양 으로 오는 도로가 막혀 있으니 광주에서 출퇴근하는 선생님들이 학 교에 올 수 없었다.

그냥 놀았다. 차가 다니지 않아 무등산을 넘어 산길로 담양에 왔다 면서 아래채에 세 들어 사는 '간난이' 엄마는 사람이 다 죽었다고 했 다. 내가 경험한 5월의 한 장면이 아직도 남아 있다. 신작로 안쪽 친구 집에서 공기놀이를 하고 있던 5월의 어느 날, 학교를 안 가니 이른 아 침밥을 먹고 친구 집에 놀러갔다. 그 때 짙은 초록색 천막을 한, 트럭 두 대가 뭐라고 외치는 소리와 함께 큰 길로 들어왔다.

나와 친구는 셔터를 급히 내리는 약국 담 뒤로 본능적으로 숨었다. 어디서 있다 나왔는지 동네 아줌마들이 트럭에 탄 사람들에게 기름 에 튀긴 팥이 든 빵을 주었다. 그러면서 소매로 눈물을 훔치기도 했 다. 나는 새가슴이 되어 숨어서 보았다. 내가 기억하는 5·18 이었다. 시간이 지난 후 그것이 시민 시위대였다는 것을 알게 되었다.

중학생이 되었다. 담양에 공수부대가 들어왔다. 우리학교 학생에 게 군부대에서 장학금을 준다고 했다. 군부대 마을에 사는 친구들은 군인 버스를 타고 학교에 등교했다. 그때도 진실을 몰랐다. 고등학교 를 광주로 가게 되었다. 매일 차부로 버스를 타러 갔다. 5월이 되면 단 검을 옆에 차고 총을 어깨에 메고 철모를 쓴 군인들이 차부에 나타났다. 가슴이 두근거렸다. 무서웠다. 차표를 사기 위해 매표소를 가려면 군인 앞을 지나가야 했다. 부동자세로 눈만 굴리는 군인이 무서웠다. 절대 그 군인들과 눈을 마주치면 안 된다고 했다. 교복치마 대신 체육복 바지를 입고 가라고 했다.

이때 만큼은 광주로 통학하는 우리들은 남자 오빠들 뒤를 따라 다녀도 괜찮았다. 그리고 6월이 되니 군인들은 사라졌다. 광주 터미널 입구에서는 매일 비디오가 상영되었다.

그것이 내가 본 잔인한 5월의 장면이었다. 진실을 모르고 살다 진실을 대면할 때의 정신적 혼란은 슬픔이었다. 광주 터미널의 사진전시와 비디오 상영, 그리고 큰 종이에 써 내려간 대자보를 매일 보며 3년을 통학했다.

나는 '남겨진 사람의 아픔은 누가 치료해 주나? 치료는 되는 걸까?'라는 생각으로 끊임없는 고민을 했고 이런 아픔과 고통이 없는 사회가 속히 오기를 매일 소망했었다.

제4장 책으로 나눈 아픔, 그리고 성장

1. 말해주는 힘

공감능력이 부족한 사람은 다른 사람과 의사 소통할 때 어려움이 있다. '나 중심' 사고를 하고 있어 아무런 문제가 없다고 생각하면 안 된다. '나 중심'은 맞지만 다른 사람의 영역까지 침범하는 것은 옳지 않다.

내가 다니던 중학교에는 상담선생님이 계셨다. 83년에 중학교에 상담선생님이 계셨다고 하면 다들 놀랐다. 상담실은 체육관 건물이 있는 2층에 있었다. 머리가 약간 벗겨진 상담선생님은 키가 몹시 작았다. 겨울철에는 가디건을 입고 계셨다. 점심시간을 이용해 상담실에 놀러 가면 상담 선생님은 우리 무리를 반갑게 맞아주셨다. 사춘기 우리는 말도 안 되는 말을 상담 선생님께 이야기를 했다.

"사회 선생님은요, 은옥이만 예뻐해요."
"시험 문제도 미리 알려주었다구요."
"남자친구가 쪼잔하게 굴잖아요."

서너 명이 무리 지어 찾아가 순번도 없이 해대는 말에 상담선생님은 고개를 끄덕이며 다 들어주었다. 상담을 하러 간 것이 아니라 푸념을 하러 간 것이었다. 상담실은 사랑방이 되었다.

상담에서는 '들어주는 것만 잘해도 상담의 반은 성공한 것이다.'라고 한다. 공감적 듣기와 무조건적 지지가 중요하다는 것이다. 나는 책을 소리 내어 읽었다. 그렇게 읽다보면 문학작품 속 인물이 되어있었다. 작품 속 주인공과 일체 되어 책 속에서 살고 있었다. 문학작품이 아닌 성경책은 예수님이 어떻게 말했을까를 생각하며 읽어 보았다. 진득하게 앉아 책을 읽을 수 있는 것은 작가와의 교감이 이뤄지고 소통하는 것이라고 말을 할 수 있다.

"선생님, 있잖아요."

로 말을 시작하는 버릇이 있던 현서를 만났다. 현서 엄마가 부모교육을 듣고 자녀 상담을 의뢰하였다. 초등학교 2학년 남학생 현서는 남동생과는 연년생이었다. 아래로 다섯 살 남동생이 있었다. 학교에서 싸움이 잦다고 했다. 동생하고도 허구한 날 싸운다고 했다. 엄마는 자신은 아이들 셋을 보기에 지쳤다고 했다.

엄마의 이야기를 듣는 것만으로도 아이가 힘들겠다고 생각되었다. 엄마는 동생과 형을 같이 상담 장면에서 만나기를 원했다. 나는 거절을 했다. 형이 받는 스트레스가 많은데 상담까지 두 형제가 동시에 같은 장면에서 만나는 것은 두 아이 모두에게 도움이 되지 않을 것 같았다

"현서야, 오늘은 『이상한 엄마』를 읽을 거야."

"저, 다 읽었어요."

"다 읽었구나, 잘했어. 그러면 『이상한 엄마』 선생님한테 들려줄래?"

"왜요? 선생님이 직접 읽으세요."

"선생님은 우리 현서가 읽어주면 좋겠어. 오늘 이상한 엄마는 현서가 다 읽어 버려서 지금 선생님은 별로 안 읽고 싶어. 나는 같이 읽으려고 기다렸는데."

"진짜로는 안… 안 읽었어요."

"안 읽었다고? 지금 현서는 진실일까요? 거짓일까요?"

나는 과장되게 물었다.

"선생님, 있잖아요. 진실 게임 해요. 진실 게임이요?"

"지금은 상담시간인데 진실 게임은 나중에 하자. 다시 지금 현서는 진실이야? 거짓이야?

"뭐가요?"

"자, 책 읽은 것 말이야. 생각 해보자."

"이상한 엄마는 우리 엄마."

"……."

"나만 때리고 할머니랑 싸우고 엄마는 똥개 바보."

"……."

"어, 선생님도 똥개 바보다."

"나는 똥개도 바보도 아닌데 왜 현서는 선생님이 바보 같아."

"그냥. 이상한 엄마는 할머니잖아."

현서는 책 내용을 알고 있었다. 모르는 척하는 것이었다. 끝없이 자신을 봐 달라고 이야기 하고 있는 아이였다.

"좋아, 책 다 읽었구나. 나는 이상한 엄마가 누구인 줄 모르겠어. 선녀 같던데?"

"아냐, 우리랑 살다 엄마랑 싸우고 밑에 사는 할머니야. 할머니는 내 말 다 들어주고 알아서 해주니까. 현서할머니랑 식구들 많이 살고 싶어요."

"우리 현서가 할머니랑 같이 살고 싶었구나. 할머니랑 같이 살고 싶은데 못 살아서 화가 난거구나."

"선생님 있잖아요. 우리 엄마랑 싸워서 할머니가 이사 갔어요. 밑에 집으로요."

"이사 멀리 안 가고 할머니가 밑에 집에 사는구나."

"네. 우리는 2층, 할머니는 1층"

"할머니 이사 간 것 아닌 것 같은데."

"노우 노우 할머니가 이사 가서 현서 집에서 안 자니까 이사 간 거야."

"……."

"응, 엄마는 할머니한테 막 소리 지르고 했어. 엄마가 그랬으니까 나도 현준이 때리는 거예요."

"언제 그랬어? 엄마가 할머니한테 소리 질렀어?"

"밤에 나 자고 있을 때. 현서 달님 반 때."

"현서는 달님 반 때 일을 기억하고 있구나. 우리 현서는 할머니랑 엄마랑 싸운 것이 생각이 나는구나."

고개를 끄덕인다.

"우리 현서 할머니 보고 싶으면 가도 되지 않나 밑에 집인데."

"……."

고개를 숙이고 앞에 있는 크레파스를 만지작거리는 현서는 애 어른이 되어 있었다. 아이이기도 힘든데 어른도 되어야 했다.

"현준이 때리면 현준이 아프겠다."

"괜찮아요. 현준이도 나 때리고 짜증나게 하니까."

"현서가 형인데 현준이가 짜증나게 하는구나. 한 대 때려주고 싶겠다. 선생님이라도."

"그러면 현준이가 엄마한테 일러서 나는 또 맞아, 엄마한테."

"다음에 올 때 현준이가 너 짜증나게 한 것 다 적어와. 선생님이 혼내 줄 거니까 알았지."

"진짜 혼내줄 거예요?"

"그럼, 선생님 봐봐. 힘이 세거든."

"크크 약속이다."

현서는 엄마와 할머니의 다툼을 듣게 되었던 것이었다. 자신을 아껴주던 든든한 지지자가 한 순간에 사라져 버렸다. 아이가 지지자를 찾지 못하도록 힘을 행사하는 엄마에게 저항할 수 있는 방법으로 현서는 문제행동을 하는 것을 선택했다. 산만하고 말 안 듣고 고집부리고, 동생과 싸우는 방법을 택했다.

현서는 인지능력이 뛰어난 아이였다. 온순하다가도 갑자기 폭력성이 보였다. 세 아이의 엄마는 시어머니와 문제를 현명하게 처리하지 못했다. 그리고 아이가 알고 있다는 사실도 몰랐다.

아이들은 자신을 표현하는 것이 어른처럼 능숙하지 못하다. 현서가 왜 엄마를 괴롭히는지 현서의 목소리를 들어주었다면 현서는 지금보다 더 행복할 수 있었을 것이다. 엄마랑 할머니의 다툼은 현서 때문이 아니라고 말해주었다면 좋았을 것이다. 상담을 통해 엄마와 할머니가 다투는 소리가 현서가 생각한 만큼 큰소리가 아닐 수도 있다는 것을 현서는 알게 되었다.

책을 읽는다는 것은 들어주는 힘을 키우는 방법이라고 생각한다. 작가가 하고픈 말을 적은 글을 통해 나를 돌아보는 기회를 갖게 된다. 『이상한 엄마』에서 하늘나라 선녀는 호호 엄마의 간절한 부탁을 듣고 호호를 돌보러 내려온다. 엄마들도 간절한 도움이 필요하면 도움을 요청할 곳을 찾아야 한다. 우리 아이들은 더 그렇다. 말로 표현하는 것이 서툴러 행동이나 표정으로 말할 때가 있다. 부모는 깨어있어야 한다. 그리고 아이들의 소리를 알아차리고 그 부름에 대답해야 한다.

2. 함께 하는 변화

두 아이에게 나는 너그럽지 못한 엄마였다. 너그럽지 못한 것에 대해 아이들이 원인 제공자라고 말하던 것을 이제 멈추게 되었다. 중3 여름방학, 딸의 파격적인 변신 이후로 '너희가 잘했으면 내가 그러겠어?' 라고 말하는 것을 멈추었다.

두 아이를 멀리 떼어내서 볼 수 있게 되었다. 이것은 나나 우리 아이 둘에게나 큰 축복이라고 생각하고 있다. 딸의 맹렬한 저항을 경험하고 나는 내가 만나는 아이들과 공감을 더 잘하게 되었다. 딸아이와의 갈등경험을 집단상담 시간에 개방하면 반응은 각각이었다.

"선생님이 심했네요."

"딸이 착하네."

"나는 우리 아이들 매 안 들고 키웠는데, 아마 선생님이 힘들어서 그랬나 봐요."

딸한테 우리 사이를 공개했다고 하면 딸은 나에게 주책이라고 하였다.

"…… 휴."

나는 딸과의 일을 이야기할 때 관계회복이 되었기에 개방할 수 있다고 내담자들에게 이야기 한다. 그러면 이 자기개방에 내담자들은 문을 열기 시작했다.

아들과 딸을 차별하여 대했다. 여자아이는 안전하게 다녀야 한다는 전제하에 딸에게 엄격한 잣대를 들이대었다. 딸이 중학교 때는 독서실도 허락하지 않았다. 머리는 학교 규정에 따를 것을 강요했고 교복치마도 통을 줄이거나 길이를 짧게 하는 것은 절대 안 되었다. 지금 생각하면 딸에게 심하게 대했다는 생각이 든다.

"엄마가 알긴 뭘 알아. 그러고서 상담을 한다는 거야?"

"뭐야? 니가 뭘 알아!"

"웃기시네요, 어·머·니!"

비아냥거리며 대들던 딸아이의 말이 가슴을 쿵 내려앉게 했었다. 늘 마음 한 구석에 '이건 아닌데, 이건 아닌데' 하면서 딸에게 막 대하고 나면 밀려오는 불안감과 자책감에 나는 힘들었다. 딸은 말도 안 되는 억지주장을 하는 엄마를 거세게 몰아부쳤다. 나도 마음으로는 이미 항복을 했음에도 겉으로는 더 목소리를 높였다.

"말을 마. 엄마는 매번 같은 소리. 다른 친구들은 다 해."

"너는 달라. 다른 애하고는….."

"뭐가 다른데?"

"너는 내 딸이야. 그러니까 염색은 절·대·안·돼!"

"방학 때만 한다고 하잖아. 엄마는 왜 안 된다고만 해?"

딸은 머리를 양손으로 부여잡고 '악' 소리를 지르더니 방으로 들어갔다. 그 후 딸은 머리를 샛노랗게 염색을 하고 나타났다. 그러더니 머리를 뒤로 모아 검정 고무줄로 꼭 묶고 다녔다. 이미 엎질러진 물, 나는 머리에 대해 어떤 반응도 안 했다. 여름 방학이 끝나자 까만 머리로 돌아왔고 딸은 그 후로 머리염색은 하지도 않았다. 머릿결이 상했다고 푸념을 하더니 순한 딸이 되었다.

"엄마는 정말 차별이 심해."

"무엇이 또 불만이당가?"

"엄마, 내가 중 3때 머리 염색 할 때 얼마나 반대한 줄 알지. 근데 수훈이는 뭐라고 하지도 않네."

"……."

"확실해. 차별이 있긴 있어. 그래도 수훈이는 나처럼 전쟁은 안하니까 좋긴 하네. 저 때는 다 해보고 싶은 건데, 해보면 별것도 아닌데 엄마는 왜 나만 유독 다 말렸어?"

"너 어떻게 될까 봐 그랬지."

"나에 대한 믿음이 부족했군. 내가 하나님 믿는데 나쁜 짓 할까봐. 걱정 붙들어 매셔. 아무튼 수훈이는 달달 볶지 마. 엄마 말처럼 머스마니까."

"요즘 머스마들이 세상 물정을 더 몰라."

"헐."

딸은 동생에게는 규제로 얽매지 말라고 이야기한다.

2017년 나는 도서관에서 '생애발달 독서치료' 프로그램을 진행했었다. 60세 이상의 어른 집단, 청소년 집단, 그리고 아동과 부모가 함께하는 가족상담을 진행하였다. 가족으로 3가족 일곱 명이 프로그램에 신청해 참석하였다.

초등학교 6학년 딸아이와 다툼이 잦다는 민주네 가족, 오랜만에 아이들과 과거의 행복한 시절로 돌아가고 싶다는 형석이네, 그리고 동생을 돌보느라 고생하는 아들에게 온전히 아들만을 위한 시간을 보내고 싶다는 소울이네, 우리는 12주를 만났다.

부모와 자녀가 최대한 협동할 수 있는 과제를 수행하면서 활동 중 나오는 자녀의 행동을 탐색하였다. 아이들은 정직했고 거침없이 부모의 부족함을 이야기하였다. 부모는 얼굴이 붉어졌다.

민주네 가족상담에서는 6학년 사춘기 소녀 민주의 불만을 귀담아 들어주었다. 민주도 엄마가 동생 셋을 돌보는 것이 힘들다는 것을 충분히 알고 있었다. 민주는 시험이 끝나면 시내에 가서 놀고 싶었다. 엄마는 민주가 시내 은행동에서 노는 것을 허락하고 싶지 않았다. 이런 저런 못 보낼 이유만 찾았다. 민주와 민주 엄마의 모습에 10년 전 내가 있었다.

"어머니, 민주는 아무리 가져도 가진 것이 아니에요. 허락을 하긴 하는데 질질 끌다 허락을 하니 민주는 얻었어도 안 얻은 것이 되는 거예요. 체력을 다 소모하고 얻는 것은 얻는 게 아니잖아요. 그래서 다 해주었는데 안 해주었다고 말하는 민주가 어머니는 감당키 어려운 거구요."

민주 엄마는 눈물을 흘렸다. 민주는 엄마가 울자 당황하면서도 상담실 밖에 나가 휴지를 가져다주었다.

"민주야."
나는 기다렸다.
"저도 알아요. 근데 친구랑 두 달 전에 약속한 거예요. 그때는 된다 하고 지금은 안 된다하고. 2만 원만 준다구요."
"엄마가 못 가게 하는 것도 화가 나지만 약속을 안 지키는 엄마한테 더 화가 났던 거네."
"네. 그리고 돈도 부족하구요."
"엄마가 민주 안전 때문에 시내 못나가게 하는 것은 알겠어?"
"알죠. 글고 친구 셋이 가니 위험한 일 안 생긴다니까요. 다 가요. 지난번에도 간다고 하고 안 가서 친구들이 저만 따 시켰다구요."
민주의 목소리에 짜증과 불만이 잔뜩 묻어 있었다.
"민주는 친구들이 너를 왕따 시킬까봐 두렵기도 하네."
민주의 생각을 나는 명료화하여 알려주었다.
"네"

"민주 엄마 저랑 민주 이야기 들으니 어떠세요?"

"민주 마음 조금 알 것 같아요."

"어떤 마음일까요?"

"……."

"민주는 친구에게 왕따 당할까 걱정되어서 이번에는 꼭 시내를 가야 해요. 그런데 엄마는 돈을 아끼려고 하는 것 같고 엄마하고 말이 안 통한다고 생각이 드니 엄마에게 대드는 거죠."

민주의 표정이 밝아지기 시작했다.

"민주는 어떻게 생각해?"

"엄마 마음은 아는데 꼭 가고 싶어요."

팽팽한 두 모녀의 충돌은 엄마가 허락을 해주면서 한 고비를 넘겼다. 12주 동안 두 모녀는 관계를 회복 중이었다.

소울이는 엄마 아빠가 새벽까지 장사하고 들어오면 숙제도 다 해놓고 동생을 지키다 잠이 들어 있는 착한 아들이었고 현재도 고마운 아들이다. 소울이는 초등학교 4학년이다. 아빠가 음식점을 시작하면서 소울이는 다울이를 지켜주는 오빠였다.

소울이는 동생 다울이가 놀아달라고 하면 숙제를 뒤로 미루고 놀아주었다. 다울이에게 오빠는 슈퍼맨이었다. 이런 소울이를 엄마도 아빠도 착하다고 칭찬만 해주었다. 소울이는 힘들어도 말하지 못했다. 그러다 오른쪽 눈을 깜빡이는 틱 증세가 나타났다. 엄마는 그때야 소울이가 얼마나 스트레스를 받았는지 알게 되었다.

이제 소울이는 무엇이든 궁금하면 물어 보기, 힘든 것 말하기, 감정을 행동으로 표현하기를 목표로 상담을 진행해 갔다. 12주 동안 활

제4장 책으로 나눈 아픔, 그리고 성장

동을 할 때 엄마는 선택권을 소울이에게 주는 연습을 했다. 소울이는 스스로 선택하는 연습을 했다.

이런 과정을 소울이는 불편해 했지만 시간이 흐를수록 편안해져 갔다. 싫다는 말을 못 해 틱이 온 소울이는 '나 사랑하기'를, 엄마는 '기다려주기' 연습을 했다. 한 생명체가 삶을 살 때 자기를 표현하는 것은 꼭 필요한 것이다. 둘이 함께하기에 변화도 빨랐다.

형석이는 의사가 되는 것이 꿈이라고 했다. 엄마는 아이들을 매일 도서관에 데리고 와서 책을 읽고 빌려갔다. 아이들은 책에서 자랐다. 두 형제를 데리고 현장 체험도 다녔다. 두 아이가 초등 저학년 때까지. 큰 아이는 5학년, 작은 아이가 4학년. 학원에 쫓겨다니다보니 아들들과 보내는 시간이 적어졌다.

부지런한 엄마는 도서관에서 하는 '독서치료 심리상담' 프로그램에 신청했다. 아이와 함께 만들기를 했다. 건강한 아이들이었다. 프로그램을 종결한 후 고맙다고 카톡으로 긴 문자가 왔다. 오랜만에 옛날로 돌아가 형석이랑 더 가까워졌고, 또 프로그램을 미리 예약한다고 했다.

상담을 통해 다른 사람의 인지, 행동, 정서의 변화를 이끌어 내었지만 나는 두 아이와 씨름을 하면서 살아왔다. 열 달 동안 배에 담아 길렀고 젖을 먹여 키웠고 옷과 밥을 주었고 학교도 보냈고 가장 많은 시간을 보냈고 기대가 많았던 내 아이들에게 나는 배운 대로 100% 해 주지 못했다.

나는 우리 아이들은 덜 아플 거라고 생각했다. 그런데 내 아이들도 아팠다. 정도의 차이가 있을 뿐이었다. 아이들은 기질에 차이가 있다. 그 기질을 획일화하고 어른들의 가치관으로 아이들을 측량할 때 아이들은 아프다고 행동한다. 말보다 행동이 먼저다. 그래서 우리 어른들은 늘 배우고 아이에 대해 깨어 있어야 한다.

　부모와 자녀가 함께 이야기를 나누고 같이 할 때 아이는 한 몫을 하는 사람이 될 것이다. 부모가 달라지면 하루 아침에도 아이는 달라져 있다. 나는 믿는다. 우리 아이들은 자기 자신의 삶을 충분히 살아내는 힘이 있다고. 그리고 우리 어른들은 아이들이 자신을 발견하도록 관심을 갖고 도와주고 지지해주며 응원하는 것이라고.

3. 청소년 상담사가 되다

청소년상담사와 임상심리사 오직 2개 자격증만이 국가가 인정하는 상담자격증으로 어떤 기관에서든지 실력있는 상담사라고 인정한다는 정보를 들었다. 상담교육학과 석사과정에 재학중이었지만 시간을 내어 임상심리사 자격증 시험에 응시해 합격을 했다. 청소년 상담사 자격증은 부담없이 시험 준비를 하고 있었다.

2017년 여름에 나는 응급으로 대학 병원에 입원했다. 심한 스트레스로 '벨 마스크'라는 진단명을 받았다. 바로 '구안와사'였다. 아들 수훈이가 고3이었다. 아침부터 밤까지 쉬지 않고 움직였다. 도서관 수업이 다섯 곳에서 이뤄졌다. 독서모임도 있었다. 청소년 상담사 자격증을 따기 위한 시험공부를 하고 있었다. 국어영역을 하던 친구들의 대학 진학 컨설팅까지. 어느 날 교회 집사의 아버지가 돌아가셔 광양 장례식에 갔었다. 조문을 마치고 밥을 먹는데 함께 간 언니가

"명숙아, 너 입이 이상하다. 입이 이상해."

"어디?"

"입이 돌아갔네."

"아까 거울 볼 때 아무 이상 없었어."

"……."

"언니, 그보다는 눈물이 어제부터 가만있어도 계속 흘러. 아까도 운전 하는데 눈물이 나서 운전 못하겠더라고."

언니는 딴 말만 하는 나에게 거울을 주며 보라고 했다.

"야, 빨리 거울 봐봐."

"오마, 진짜네. 그래서 자꾸 침이 아래로 흘렀나?"

그때까지도 나는 심각하게 생각을 안 했다.

나는 화장실에 들어가 따뜻한 물로 눈을 씻고 괜찮다고 했다. 운전하는데 눈물이 계속 흘렀다. 너무 힘들었다.

대전에 도착해서 한의원에서 침을 맞고 집에 돌아왔다. 저녁밥을 먹는데 밥이 주르르 흘러내렸다. 겁이 났다. 병원에 근무하는 후배에게 전화했다.

"언니, 안 되겠다. 빨리 가자."

의사인 후배는 동영상 속의 내 모습을 보더니 병원으로 데려갔다. 일요일이라 응급실로 갔다.

"입원하셔야겠습니다."

2주일을 입원했었다. 스테로이드 때문에 얼굴이 호빵이 되었다. 병원에 입원해서 고등학생들 수업을 할 수 없었다. 대부분의 학부모님은 '어서 나으세요.'라고 했다. 외출증을 끊어 병원 가까이에 있는 문화센터 수업은 했다. 그 수업은 누가 대신 할 수 없는 수업이었다. 나는 9월에 있는 청소년 상담사 시험을 포기했다.

퇴원하고 주일이라 교회에 갔다.

'끝까지 하던 일을 해라. 네가 포기하지 않으면 하늘도 포기하지 않는다.'는 설교가 내 귀에 들렸다.

'포기하지 말라' 그 소리는 시험을 포기한 나에게 '도전하라'는 감동이 되어 내 가슴에 울림이 되었다. 이날은 '포기하지 말고 끝까지다.'는 말이 반복되어 설교에 나왔다. 여호수아가 여리고 성의 성벽이 무너질 때까지 아침저녁으로 나팔을 불며 일곱 바퀴를 돌았듯이 청소년상담사가 되는 것을 포기하지 말라고 하는 것처럼 들렸다.

'다시 시작이다.'

나는 일을 하면서 틈틈이 준비하다 접었던 청소년 상담사 시험공부를 하기로 결정했다. A4 용지에 연필로 쓰고 볼펜으로 쓰고 다시 그 위에 색연필로 써 가며 공부했다. 나에게 국어를 배워 통계학과에 진학한 친구의 도움을 받아가며 제일 어렵다는 통계도 공부했다. 심리통계와 일반통계는 다르다며 기본만 설명해 주었다. 그것도 큰 도움이 되었다. 2년 전 임상심리사 공부를 했던 때보다 더 많이 했다. A4 종이가 라면상자 두 개 가득 나왔다. 손이 자동으로 글을 썼다. 새벽이 될 때까지 깨어 있었다. 어느 때는 아침 7시까지 공부를 하고 있었다. 석사 때 공부가 도움이 많이 되었다. 하루를 48시간으로 살았다.

필기시험을 합격했다. 이제는 면접이다. 인터넷 강의를 들었다. 면접대비서를 사서 공부를 열심히 했다. 면접은 현장에서 상담한 경험을 바탕으로 준비하면 그다지 어렵지 않을 것 같았다. 면접 대비는 몸이 회복이 덜 되어 누워서 했다. 11월에 면접을 보러 한국산업인력공단에 갔다. 강당에 사람이 정말 많았다.

"혹시 면접 빨리하고 가실 분 있으세요?"

"번호 순서가 아니란 말인가요?"

"원래는 순서대로인데 혹 급한 일 있으신 분께 기회를 드리려고 합니다."

아침 9시 30분까지 입실완료라는 공지를 받았지만 언제 끝날지 모른다고 했는데 빨리 끝내고 주일예배를 드리고 싶었던 내 마음의 바람이 이뤄지는 순간이었다.

"저요. 저 먼저 하겠습니다."

"한 분 더요."

"저요."

면접 대기자가 함께 있는 강당을 벗어나 복도에서 둘이 기다렸다. 다섯 개 의자 중에 뚝 떨어져 앉았다. 대기자끼리 말을 하면 탈락이라고 했다. 면접 문제지를 받았다. 상담사례가 나왔다. 5분 동안 사례를 개념화 하고 면접실로 들어갔다. 다리가 후들거렸다. 철제 의자를 앉기 위해 뒤로 빼는데 소리도 크게 들렸다. 심사위원 세 명이 각자 질문을 했다.

"상담사례를 개념화하고 어떤 이론으로 접근할지 이야기해 보세요."

침을 삼키었다.

"위 상담 사례는 촉발요인이⋯."

무슨 말을 했는지 기억이 안 났다. 내 나이가 50인데 떨렸다. '하나님을 그 순간에 몇 번을 불렀을까?' 옆에 다른 선생님이 어떤 대답을 하는지 하나도 안 들렸다. 인터넷 강의에서는 상대방의 말을 잘 들어야 한다고 했는데 긴장이 되어 웅웅거리는 소리로 밖에 안 들렸다.

"더 하고 싶은 말은 없습니까?"

"⋯⋯."

"나가서도 좋습니다."

허망하기도 했지만 홀가분했다. 7분의 면접을 위해 두 달을 투자했다. 그래도 많이 배웠던 시간이라고 위로하며 나는 택시를 타고 교회로 갔다.

"최종합격"

"우와!"

나는 환호성을 지르며 가족에게 알렸다.

"우리 엄마 실화야? 짱이다!"

딸은 나보다 더 기뻐했다. 연수를 9일 동안 받았다. 100시간의 연수였다. 알고 보니 나처럼 단번에 합격하는 경우가 드물다고 했다. 3수해서 합격한 선생님도 있었다. 모두들 현장에서 상담을 하고 있는 선생님들이었고 청소년 동반자도 있었다. 나는 상담의 신세계를 경험했다. 사회복지사, 위 캔 센터, 학교상담교사, 청소년 쉼터, 정신과 병원, 군인 병원, 개인 상담센터 운영자 등 여러 곳에서 청소년을 만나는 동기수련생들의 사례발표는 나에게 새로운 도전의식을 가져다주었다. 그동안 성인을 대상으로 도서관이나 복지관에 찾아오는 적극적 내담자를 만나왔다는 것을 알게 되었다. 내가 만난 내담자는 조금만 공감해주고 내면을 성찰하게 조금만 조력해 주면 일어서는 힘이 있는 내담자였다는 것을 알게 되었다.

낮에는 평생학습기관에서 책과 관련된 강좌와 집단상담 프로그램을 진행하고 밤에는 고등학생을 대상으로 국어영역을 지도하고 있다. 독서지도를 하다 마음도 이야기하게 되어 시작한 독서치료사, 이제는 '청소년 상담사'라는 또 다른 자격을 가지고 우리 청소년을 만나고 있다.

'내신 성적이 8등급, 9등급이라고 그들의 마음이나 생각마저도 8등급 9등급은 아닌 것이다.'

세상의 아이들은 잘하는 것도 다르고 좋아하는 것도 다르다. 성적으로 아이들을 판단하지 않는다면 오늘도 청소년은 꿈꾸고 노래 할 수 있다고 나는 믿고 있다. '청소년 상담사'라는 이름으로 내가 만나는 대상자들은 내 아이들과 동시대를 살아가는 꿈나무들이다. 책임감에 어깨가 무거워진다.

4. 돌멩이가 뮤지컬 공연을 하다

2018년 봄에 자존감 향상을 목표로 '공부 니가 뭔데? 라는 집단 프로그램을 진행했었다. 우리 아이들이 다녔던 학교라 관심도 많고 애정도 많은 중학교로 10년 전에도 나는 이 학교에서 집단 프로그램을 진행 한 적이 있었다. 내가 만난 친구들은 10년 전 만났던 친구들과 달랐다. 그때 그 친구들은 얼마나 생동감이 있었는지 모른다. 지금 내가 만나는 아이들은 공부와 관계없이 자존감이 떨어져 있었다. 자신들은 어쩔 수 없이 나머지가 되어 있다는 생각을 가지고 있었다.

친구들과 함께 읽은 책은 많았다. 첫 회기에는 『세상에 하나 뿐인 특별한 나』였다. 주인공이 자신의 특별한 점을 이야기하면 바로 그와 관련된 사건을 이야기 해 주면서 주인공의 말에 '맞다'고 강한 긍정을 해주는 그림책이다. 자신감과 자존감의 차이를 잘 말해주는 것이어서 매체로 택했다. 자존심은 혼자만 갖는 자기사랑이라면 자존감은 타인도 인정해 준다는 것이다. 첫만남에서는 라포 형성을 위해 색깔카드를 이용하였다. 상담을 구조화하고 책을 읽었다. 같은 학교에서 생활하지만 반이 서로 다른 친구들이고 학년이 달라 조금의 위계의식도 느껴졌다. 나는 그 모습마저도 사랑스러웠다. 모둠에는 언제나 상담이 잘 진행될 수 있는 분위기를 만들어내는 집단원이 있다. 반면 분위기를 흩어버리는 집단원도 있다.

개성 만점 친구들이어서 좋았다. 각자의 특별한 점을 써 보기로 했다. 단 다섯 가지만 적기로 했다.
"특별한 점은 꼭 좋은 것만 아니다. 여기 선생님처럼 이마가 벗겨진 것도 된다."

"까르르, 크크."

"진짜야, 책 속 요타도 모기 많이 물리는 것도 특별한 점이잖아."

"엄청 찾기 쉬워요. 근데 왜 장점이 아니고 특별한 점이에요?"

1학년 예지였다.

"장점 찾으려면 막 머리 써야 하잖아. 그래서 특별한 점으로 했다."

"앗싸! 나는 키가 크고 영어는 80점이고."

성격이 밝은 선주였다.

"지금부터 말없이 거기 종이에다 쓰는 거다."

"예."

"선생님 다섯 개도 힘든데요."

키가 큰 혜림이다. 목소리도 컸다.

"야, 너 게임 잘하잖아."

단발머리가 잘 어울리고 총명해 보이는 예지였다.

"크크, 하나 더 써도 됩니까?"

커트머리에 커다란 안경을 쓴 혜정이다.

"……."

말없이 볼펜을 돌리는 하얀 피부의 수연이다.

"자, 이제 발표해 볼까? 친구들은 그 친구의 말을 듣기만 해야 해요."

친구들이 강점을 발표 할 때마다 즉시즉시 반응하는 격한 아이들이었다.

후반기에 『돌멩이도 춤을 추어요』를 매체로 상담을 하였다. 그동안 아이들과 신체 활동도 하고 타로카드로 현재 미래 과거도 살펴보는 시간을 가졌다. 친구들의 가정환경, 부모와의 갈등도 살펴보았다. 빛깔이 다른 아픔이 있었다. 애니메이션 고등학교를 준비하는 혜림이에게 학교에 대한 정보도 알려주었다. 아이들과의 만남이 기다려지는 시간이었다. 상담이 진행될 때마다 엄청난 강화물을 주신 유미 선생님이었다. 이런 강화물도 아이들이 상담에 꾸준히 나오게 하는 데 분명 도움이 되었다. 상담이 진행되는 동안 학교에서 학부모 동반 가족여행 프로그램도 진행되었다고 했다. 여행에 참석한 미숙이는 온전히 엄마를 차지했다고 했다. 1학년 동생들에게 너무 친절한 미숙이는 몸도 왜소하고 내가 말하는 것도 잘 알아 듣지 못했지만 남자친구가 있었다.

"완전 커플이에요."

"멋있어요."

집단원들은 미숙이의 남자친구를 다 알고 있었다.

"그 오빠 공부도 엄청 잘 한대요."

핸드폰에 있는 사진을 보여주는 미숙이를 보고 나는

"오우, 완전 영화배우네."

하며

"그 오빠 어디가 그리 맘에 들어?"

라고 물었다.

"잘 챙겨줘요. 나를 무시도 안 하고 오빠랑 같이 있으면 좋아요."

라고 말하자 옆에 다른 친구가

"그 오빠가 미숙이 잘 챙겨줘요. 3학년인데도."

한다.

『돌멩이가 춤을 추어요』 책을 읽고 이야기를 나누는 과정에서 여러 이야기가 나왔다. 내면에 일어나는 변화를 더 탐색하기 위해 각자 점 그림책을 만들었다. 아이들이 자신의 글을 적고 책 제목도 적었다. 그리고 자신의 그림책을 왼쪽 방향으로 돌려가며 읽었다. 손바닥만 한 14쪽 그림책이다. 내 그림책도 함께였다. 미숙이의 그림책을 보는 순간 가슴이 먹먹했다. 자신이 초등학교 때 왕따를 경험한 것을 글로 표현했다. 점 그림책 제목은 '돌멩이의 소원'이었다.

여기 돌멩이가 있습니다. 돌멩이는 혼자입니다. 다른 돌멩이와 놀고 싶습니다. 다른 돌멩이는 싫다고 갑니다. 세모가 와서 돌멩이를 때립니다. 돌멩이는 큰 돌멩이가 되었습니다. 돌멩이는 아파트도 되고, 돌멩이는 별도 되고, 돌멩이는 밤에 다른 별이 뜨는 것이 싫습니다. 돌멩이는 다시 외톨이가 됩니다. 돌멩이는 움직일 수 없습니다. 돌멩이는 외롭습니다.

초등학교 때 '왕따'를 당했어도 어떤 도움도 받지 못했던 미숙이. '왕따'가 안 되기 위해 노력 했었지만 열심히 하면 나댄다고 할까봐 조별 활동에 적극적으로 참여 못하니 '은따'가 되었다. 이런 미숙이를 아무런 이유 없이 챙겨주는 남자친구가 미숙이는 좋았다. 그래서 오빠가 만나자고 하면 싫다고 말을 못한다고 했다. 게다가 남자친구는 학교에서 인기가 많은 남학생이었다. 미숙이의 점 그림책에는 왕따의 경험도 있고 낮은 자존감도 표현되어있다. 누가 괴롭혀도 가만히 있다.

"미숙이는 외롭구나. 혼자 있을 때 뭐해?"
"자해를 하죠."
"뭐라구? 자해를 한다고?"
에너지가 없어 보이는 미숙이가 너무나 자연스럽게, 대수롭지 않게 하는 말이 너무나 슬프게 들렸다. 그 당시 나는 자해를 하는 다른 청소년을 만나고 있었기 때문에 민감했다.
"에이, 요즘 자해 많이 해요. 머리도 부딪히고…."
다른 집단원도 대수롭지 않다는듯 말을 했다.
"지금은 안 하지만 했어요. 이렇게요. 이게 그 자국이에요."

"⋯⋯."

『돌멩이가 춤을 추어요』 책을 통해 아이들과 더 깊은 만남을 할 수 있었다. 아이들은 상담을 하면서 자신의 아픔을 꺼내 놓았다. 우리의 힘으로 바꿀 수 없는 제도는 인정하기로 했다. 대신 자신을 더 많이 사랑하기로 하고 상담을 마무리했다. 『쳇 귀찮아』 『원숭이 꽃신』 『슬픔을 치료하는 책』 『사람은 무엇으로 사는가』 등을 읽으면서 마음을 나누고 공감하는 법을 익혔다.

1년 만에 들은 소식은 미숙이가 뮤지컬에서 주연을 맡아 열심히 연습중이라는 것이었다. 자신이 조정할 수 없는 주변 환경으로 마음이 아픈 아이들이 없었으면 좋겠다. 우리 어른들의 한 마디 말이 아이들의 자존감을 떨어뜨릴 수 있다. 상담과 더불어 유미 선생님의 지속적인 관심과 사랑, 그리고 지역사회에서 마련해 준 특별활동, 부모의 노력이 돌멩이를 성장시켰다고 생각한다. 아이들은 진심을 너무 잘 알아차린다. 진심은 아이들에게 통한다. 진심과 사랑 속에서 우리 아이들이 잘 성장해가기를 나는 오늘도 기도한다.

5. '가면 우울증'을 이기고 대학생이 되다

'청소년 가면 우울증'은 사춘기와 맞물려 부모님들이 이를 알아채지 못하는 경우가 있다. 아이들이 초등학교 시험에서 10개 이상을 틀리면 안 된다고 생각하는 부모님들도 많이 만나 보았다. 상담을 하면 할수록 진짜 행복은 경제력 순서도 아니고 성적순도 아니었다. '몸도 건강하고 정신도 건강하면 최고다'라는 생각을 더 갖게 되었다.

주영이는 초등학교 4학년 때부터 2년 동안 나와 책읽기 공부를 한 친구였다. 주영이는 학교에서 시험을 보면 백 점을 맞는 것은 기본이었다. 주영이는 회장도 하고 공부도 너무 잘했다. 부모의 기대가 컸다. 주영이 엄마도 성격이 차분했다. 주영이와 같이 책읽기 수업을 하는 아이들을 잘 챙겨 주었다. 길에서 만날 때마다 주영이는 인사를 잘했다.

"주영아, 잘 지내? 키 많이 컸네. 놀러 와."

"네, 선생님."

"선생님 이제 상담공부도 해."

상담공부를 시작했다는 근황도 알려주었다.

"선생님, 지금도 논술 가르치세요?"

"글치. 가르치고 배우고."

"네. 선생님 집에 놀러 갈게요."

"그랴. 파이팅."

이렇게 주영이와 나는 한 아파트에 살면서 자주 만났고 주영이 동생도 오빠의 뒤를 이어 책읽기 수업에 팀을 짜서 공부를 하고 있었다. 주영이가 고등학교 1학년 때였다.

"따르릉 따르릉"

"여보….."

"도와주세요. 선생님."

다급한 목소리였다.

"무슨 일이세요? 빨리 올라 와 주세요. 빨리."

주영이 엄마는 벌벌 떨고 있었고, 동생은 방에서 나오지 못하고 있었다. 주영이 아버지는 집에 없었다.

"으악, 다 때려 부수고 싶어요. 엄마는 순거짓말이고, 아빠는 지 체면만 챙기고."

주영이는 분노를 담은 목소리를 높였다. 집에 던져진 화분과 유리컵 파편은 부끄러움이 아니었다.

"뭔 일이야? 주영아."

엄마를 향해 소리를 질러대는 주영이의 팔을 잡으면서 나는 착 가라앉는 목소리로 주영이를 불렀다.

"거짓말쟁이들."

물건을 집어 던져 집안은 난장판이었다.

"무서워요. 선생님. 어떻게 할 지를 모르겠어요."

주영이 엄마는 문밖에서 벌벌 떨고 있었다.

주영이와 상담을 시작했다. 주영이는 그 동안의 숨은 이야기들을 꺼내 들려주었다. 자신은 아버지 어머니의 자랑거리가 될 수 없다고 했다. 내가 알던 주영이 가족과는 너무 상반된 이야기였다. 주영이가 말했다.

"내가 유치원 때 저년이 울지 못하게 입에 수건을 막고 세탁실에 밀어 넣었어. 씨발."

"내가 친구들하고 힘들다고 하니까 아빠란 새끼가 야구 방망이 들고 와서 교문 앞에 서서 완전 날 원숭이 취급받게 했잖아."

"지금도 봐. 내가 게임한다고 코드 다 뽑아, 지 일 한데. 가버리고."

내 뱉는 말 한 마디, 한 마디에 분노가 가득 들어 있었다. 주영이는 주말에 아버지가 집에 있을 때는 순한 양이었다. 그러다 아버지가 지방으로 내려가면 엄마에게 폭력을 휘두르고 있었다. 컵을 던지고 식탁의자도 부숴버리는 난폭한 행동을 하였다. 가끔 주영이 엄마는 나를 만나면 주영이가 게임을 너무 많이 해서 걱정이라고 푸념처럼 말하고는 했었다.

"뭘 걱정하세요. 주영이 공부도 잘 하고 인사성도 좋고, 걱정 안하셔도 돼요."

했었다.

"선생님하고 가끔 만나나요? 우리 주영이. 다행이네, 선생님한테 이야기라도 하니."

하며 이야기를 주고 받았었다. 주영이가 이렇게 많이 아픈지를 나는 알아채지 못했다. 또 동생 수영이가 와서

"샘, 오빠 새끼가 미쳤나 봐요. 무서워서 집에 못갈 것 같아요."

하면

"왜? 오빠야 착한데."

했었다. 그것이 주영이의 폭력을 말하는 것이라는 것을 알지 못했다. 주영이와 상담을 시작하면서 주영이의 아픔을 알게 되고 숨겨진 주영이네 가족사를 만나게 되었다.

홀어머니 밑에서 자라 대기업의 임원이 된 아버지는 주영이가 언제나 1등하기를 원했다. 주영이 엄마도 주영이가 시키는 대로 잘하니 기대가 컸다. 공부도 잘하고 친구와 잘 어울린다고 생각했다. 주영이의 말을 빌리면 아버지는 억압적으로 주영이를 키웠고 엄마는 아버지의 요구대로 주영이를 키우기 위해 주영에게 학원순례를 시켰다. 주영이가 올백을 맞으면 물질적 보상이 따랐다. 주영이는 아버지와 할머니에게 인정받기 위해 노력을 했다. 중학교는 달랐다. 친구들

은 공부만 하는 주영이를 좋아하지 않았다. 남자들은 축구도 못 하는 주영이와 어울리려고 하지 않았다. 친구들에게 환심을 사기 위해 돈을 사용했다. 그것은 친구관계를 악화시켰다. 주영이는 게임에 빠지게 되었다. 부모와의 갈등은 심해졌다. 학원비는 아낌없이 쓰면서 게임하는데 쓰는 돈을 아끼는 부모님을 이해할 수 없었다. 학원을 안다니겠다고 했다. 불안한 엄마는 학원에 다니게 하는 것을 포기할 수 없었다. 엄마와 다툼이 심했다. 엄마는 주말에 돌아오는 남편에게 주영이와 힘들었던 이야기를 들려주었다. 아버지는 '엄마에게 대들고 공부 안하는 자식은 자식이 아니다.'라고 하며 주영이에게 돈을 끊어버리겠다고 선언했다. 주영이는 아버지가 있을 때는 저항 할 수 없었다. 주영이는 아버지가 없는 주중에 엄마를 괴롭혔다. 폭력으로 엄마를 겁을 주었다. 옥상에서 뛰어내리겠다고 협박도 했다. 주영이 엄마는 너무 갑작스럽게 변한 주영이를 감당할 수 없었다.

나는 주영이가 그렇게 집과 밖에서 다른 삶을 살고 있다고 생각을 못했다. 밝고 인사성도 좋고 심오한 철학적 질문을 하던 믿음직스럽기만 했던 주영이었다. 심리검사를 통해 주영이의 심리상태를 진단하였다. 극심한 가면 우울이었다. 주영이는 중학교 내신 성적이 우수하고 반배치 고사도 잘 봐서 고등학교에 입학할 때 학교 특별반인 우등반에 들어갔다. 우등반에 들어가면 거의 쉬는 날 없이 공부해야 하기에 주영이 심리상태로는 그 과정을 버티기는 어려울 것 같았다. 나는 주영이 부모님에게 주영이를 위해서는 우등반을 포기하는 것이 좋겠다고 했다. 그런데 아버지는 반대였다. 엄마도 아이가 조금 나아지니 해 보고 싶어 했다. 주영이도 하고 싶다고 했다. 나는 최종결정권을 주영이네 가족에게 맡길 수밖에 없었다.

상담을 중단했다. 진행과 중단이 반복되는 상담에 나는 지쳐갔고 주영이도 결국 학교를 자퇴를 했다. 극심한 감정기복이 반복되었기 때문이었다. 주영이 아버지는 정신과 의사를 만났다. 아들이 원하는 것을 다 들어주라고 의사선생님은 말했다고 한다. 그동안 내가 했던 말을 확인하고 돌아왔다. 정신과를 다녀 온 후 다시 상담을 시작했다. 나는 주영이를 믿었다. 아버지 상담도 병행했다. 모든 것을 다 해주었고 부족한 것 없이 다해 주었는데 학교를 자퇴한 주영이를 도저히 받아줄 수 없는 아버지도 상처투성이이었다. 주영이 아버지가 주영이를 이해하는데 많은 시간이 필요했다. 아버지가 달라질 때까지 기다려야 했다.

"아버님이 진심으로 잘못을 인정할 때 주영이가 다시 시작할 수 있을 것 같아요."

상담 중기가 지나고 나자 나는 아주 조심스럽게 말을 했다.

"아빠가 미안하다고 했어요. 근데 저 안 믿어요."

주영이도 겨루기를 하고 있었다.

"저요. 기다렸어요. 내가 저보다 힘이 세지기를. 지가 좋아하는 사람 괴롭혀 주려고요. 저한테 친구도 다 뺏어간 아빠에게 복수하려고 기다렸어요."

자신의 감정을 너무나 억눌러 오다 몸이 커지고 힘이 세지면 자신이 살아있다는 것을 알리는 방법으로 폭력을 사용했던 주영이를 1년이 넘게 만났다.

"선생님, 이제 검정고시 보려구요."

"굿! 해봐."

"선생님은 거절을 왜 안 해요?"

"니가 결정 한 것이니까. 야, 엄마 아빠도 좋아하시겠네."

"네. 고맙습니다."

"아녀."

주영이는 국어교육학과에 수시합격 했다. 너무 좋았다. 주영이는 군 생활을 잘하고 가끔 연락이 온다. 고맙고 고맙다.

어른의 욕심이 한 아이를 이처럼 슬프게 자라도록 방치할 수 있다는 것을 알게 되었다. 나는 도서관을 비롯한 평생 학습기관에서 어른과 아이를 만난다. 지금까지 많은 사람을 만나고 헤어졌다. 주영이는 그 많은 사람 중, 특별한 존재였다. 겉으로 보기는 남부럽지 않은 환경에 있었지만 전혀 행복하지 않은 채 살아온 그 아이. 나는 지금도 가슴이 아린다. 혹여 이 순간에도 누군가 어른의 욕심 때문에 가슴에 '내가 힘만 생겨봐, 다 끝장 내버릴 거야.' 하며 자기를 죽여 가는 아이는 없는지, 내가 여유가 없을 때 내가 화 낼 상대가 나보다 힘이 셀 때 나도 약한 딸과 아들에게 화를 전이시켰다는 이제 보인다. 그래서 나는 노력한다. 지금은 그런 실수를 안 하려고. 고마운 내 아이들이다. 건강하게 자라주어서.

제4장 책으로 나눈 아픔, 그리고 성장

6. 자해는 이제 그만, 상담해주고 있어요

누군가가 내가 하는 일에 영향을 받아 그 경험을 살려 새로운 도전을 한다면 정말 기쁜일이다. 교회를 다니면서도 오랜 시간 만나는 선생님들에게 교회를 다니라고 말 한마디 하지 않았다. 새벽예배, 수요예배 그리고 주일예배를 잘 지키는 신앙인이라는 것을 다 알고 있다.

"왜? 엄 쌤은 교회 가자는 소리 안 해?"

이렇게 물어오는 지인들도 있다.

"나는 전도하는데 쌤은 나를 10년 넘게 지켜보면서 나에게 실망 한 적 있어?"

"아니, 그거랑 전도랑 무슨 상관이야."

"크크, 선생님이 교회 사람들 행동이 영 그렇다고 했잖아. 하나님은 그대로인데 사람이 잘못 알고 잘못 행동하는 거야. 그 잘못한 사람들 욕해야지 괜히 아무 잘못 없는 하나님 욕하잖아. 나보고는 하나님 욕 못하지?"

"그래도 하나님 믿는 목사들이 그러면 안 되지."

"내가 믿는 하나님이나 그들이 믿는 하나님이랑 같거든. 내가 믿는 하나님은 박 쌤은 욕 안하지. 내 행동이 안 거슬리니까."

"글긴 그래."

"그거야. 나는 나를 통해 영란 쌤이 하나님이 살아 계시다는 걸 생각만 해주면 좋겠어. 그러다 믿음 생활을 하고 싶을 때 하는거지. 쌤이 소수의 신앙인으로서 부적절한 행동을 하는 목사님들을 보면서 모든 신앙인들을 부정적으로 보고 나한테 따지듯이 말하면 속으로 뭐라고 생각하는지 알아?"

"음마야, 뭔 생각해?"

"알려줘 볼까?"

"그래."

"아, 박 쌤은 교회 안 다녀도 하나님 생각하는구나. 이렇게 생각해."

"진짜 그러네. 나도 몰래 물들어 가고 있었네. <u>흐흐</u>."

"나 보고 하나님 안 믿는 박 쌤이 하나님 욕 안하게 하는 전도."

"그런가? 아무튼 나는 선생님이 하나님 믿으라고 강요 안하니 좋긴 하더라. 근데 진짜 하나님이 있긴 있어?"

"신은 있어. 사람이 잘못한 거지. 신도 사람의 마음과 비슷하다고 생각하면 이해하기 쉬워. 하나님께서 얼마나 우리를 사랑하시는지 몰라."

"엄 쌤, 말 잘하네."

"이렇게 이야기하면 끝이 없어요. 그래서 그냥 생활 전도 하는 거야."

"글구나."

"선생님은 선생님이 판단 혀."

"음."

강하게 '교회 다녀라'라고 이야기하고 싶지만 그들이 나와의 관계성 때문에 교회에 억지로 나오는 것이 싫었다. '신앙은 누구에게 강요할 수 없는 것이다. 하나님을 소개하고 믿어보라고 권유는 하지만 선택은 그들의 몫이다.' 이렇게 내 마음을 합리화하고 있을 때 신앙의 선배인 언니가 이야기 했다.

"네가 하는 일이 전도다. 생명을 살리는 일을 하잖아. 그게 전도야."

처음에 나는 이 말을 이해하지 못했다. 언니는 내가 '마음이 아픈 사람을 만나 그들에게 살아 갈 힘을 찾게 해주는 상담도 전도다.'라고 했다. 꼭 교회에 나가지 않아도 자기를 사랑하며 타인을 괴롭히지 않고 살아가게 힘을 주는 것만으로도 생명을 살리는 일이라고 했다.

하나님은 생명을 사랑하는 분입니다. 어려움을 이기고 살다가 기회가 되어 어느 날 그들이 하나님 곁으로 오면 전도라는 말을 듣고 내 일에 더 자긍심을 가지게 되었다.

"선생님, 저도 선생님 같은 일을 하고 싶습니다."

"고마운데 왜 그런 결심을 하게 되었을까 궁금하네."

"선생님, 독서쉼터를 꾸준히 하면서 선생님처럼 되고 싶다는 생각을 많이 하게 되었습니다."

"어떤 부분이 재열용사에게 그런 생각을 들게 했을까?"

"아, 선생님하고 독서 백신하면서 살고 싶었습니다."

"그래. 그 말을 들으니까 나는 엄청 뿌듯하다. 고맙구."

"진짜입니다. 어떻게 하면 선생님처럼 상담일을 할 수 있는지 알려주십시오."

군에서 '독서치료 심리상담' 프로그램을 5년째 진행하고 있다. 군상담 초기에는 전입신병을 대상으로 진행을 했었다. 군생활 적응을 돕는 교육도 병행해서 상담이 진행되었다. 그러다 점점 심리적 문제가 있는 용사들도 만나게 되었다. 상담을 진행하다 보면 다양한 용사들을 만날 수 있었다. 2017년 하반기 집단은 자대배치를 받은 지 10개월 정도 된 용사들이었다.

이야기를 나누다 보니 재열용사는 군에서 자살을 시도한 것이 발견되어 집단에 함께 하게 되었다. 커다란 검은 뿔테 안경을 쓴 재열용사는 겉으로는 다른 집단원과 별 차이가 없었다. 집단활동도 열심히 했고 의사표현도 잘했다. 그런데 『여우의 전화박스』 책을 읽을 때 눈물을 엄청 흘렸다. 『여우의 전화박스』를 발췌하여 연극을 할 때 재열용사는 대사를 잇지 못했다. 아들을 떠나보낸 엄마 여우의 아픔이 고스란히 자기 것이 되었다고 했다. 함께 참여한 용사들은 재열용사가 충분히 울 수 있도록 그를 지켜봐 주었다. 나도 그가 슬픔을 표현하도록 시간을 주었다. 재열용사는 말했다.

"나는 죽고 싶지 않았어요. 그런데 나도 모르게 이렇게 손목을 긁고 싶을 때가 문득문득 들어요. 잊기 위해 손을 그어요."

"힘들었구나. 너의 답답함을 표현 할 길이 없었구나. 괜찮아."

"엄마에게 미안하고 죄송합니다."

"엄마 생각이 났던 거네."

함께 한 집단원은 재열용사의 이야기를 경청해주었다. 그리고 함께 울어주었다. 『십시일반』 중 '창'도 함께 보고 이야기를 나누었다. 마지막 상담시간에는 30년 후 나에게 편지를 썼다. 미니 타임머신에 담아 보관했다. 그 편지에 무엇이 쓰여져 있는지 나는 모른다. 자신과의 만남이 숨어 있을 것이다.

"선생님"

"재열용사 이제 곧 제대하겠다."

"네. 저 지금 상담하고 있습니다."

"왜? 다시?"

"아닙니다. 제가 후임 상담해 주고 있습니다."

"어머, 멋지다."

"밖에 나가면 도움이 될 것 같습니다."

"잘 되었네. 재밌어."

"그냥 합니다. 저처럼 힘들지 않았으면 해서요."

"파이팅!"

상담을 하러 군에 들어가는 날, 집단상담이 마무리되고 5개월이 지난 그날, 재열이가 환하게 웃으며 반겨주었다. 상담이 진행되는 3층 도서관까지 함께 계단을 올라가며 이야기를 나누었다.

나는 재열용사를 통해 나의 일에 대해 자긍심을 더 갖게 되었고 보람도 느끼게 되었다. 모든 상담이 아주 성공적으로 끝나지는 않는다. 때로는 상담이 잘 진행되지 않아 에너지가 다 빠져 버릴 때도 있다.

나는 나도 모르게 조금씩 상담사의 길을 가기 위해 끊임없이 준비해 왔던 것 같다. 2000년부터 말이다. 보육교사 교육을 하면서 얼떨결에 상담 교육을 받았고 지금까지 상담 관련 공부를 해 오고 있다. 무수히 쫓아다닌 사례발표와 워크샵, 독서지도와 독서치료를 병행하며 걸어온 길이다. 이면지 가득 이론과 사례를 써가며 밤을 지새웠고 아이들을 가르치기 위해 이동하는 차 안에서 메모한 종이를 외우며 공부해 임상심리사가 되었다. 상담을 연구하고 학문적으로 배우고 싶어 늦깎이 대학원생이 되었다.

이렇게 나와의 만남이 새로운 시작으로 이끄는 계기가 되면 너무 고맙고 힘이 난다. 내 프로그램에 참여했던 선생님들 중 몇 분도 상담공부를 위해 대학에 진학했다. 열심히 하기를 응원한다.

나는 오늘도 기도한다. 사람에게 희망을 줄 수 있는 일을 하게 하심에 감사하다고. 꼭 나랑 함께 동행 하여 주시기를. 매일 삶을 이기고 또 이기며 살아가겠다고. 지난날 나와 함께 하신 하나님은 오늘도 나와 동행하시며 내일도 내 손을 잡고 계실 것을 믿는다.

7. 덜어 내지마

'새 술은 새 부대에 담아라.'고 신약성서에 나와 있다. 유대인들은 포도주를 발효할 때 양가죽 부대를 사용했다고 했다. 새 술을 담그면 발효를 해야 하는데 낡은 부대를 사용하면 새 술의 발효를 견디지 못하고 부대가 터져 버린다고 했다. 그래서 새 술의 발효를 견딜 수 있는 새 부대를 사용해야 한다고 한다. 나는 이 말을 생활 속에서 이해하는 데 오랜 시간이 걸렸다. 새롭게 태어난다는 것은 옛 것을 버릴 용기가 있어야 했다. 내 감정의 불편함을 표현하는 것은 진짜 불편했다. '내가 이 말을 한다면 상대는 어떻게 생각할까? 이 말을 하면 혹여 관계성이 깨질까?'하는 두려움이 있었다. 그런데 2008년 늦가을 3박 4일 집단 워크샵에 참석하고부터 달라졌다. 나의 마음에 있는 것을 표현하기로 했다. '좋은 것이 좋다.'는 사고가 얼마나 나를 포기한 생활이었는지를 알게 되었기 때문이다.

12명의 집단원과 함께 하였다. 처음 보는 사람들과 만나 자신의 내면을 들여다보는 작업을 한다는 것은 낯설었다. 천천히 마음을 열고 자기탐색을 하는 시간이 반복될수록 나는 깨져 나갔다. 내 안에 숨겨진 '착한 아이'는 늘 인정받고자 애쓰고 애쓴 아이였다는 것을 알게 되었다. 기질적으로 타고 난 순함도 있었지만 가난 속에서 살아남기 위해 선택한 방법이 '착한 아이로 살아가기'였다는 것을 인지하게 되었다. 그때 집단을 지도하는 교수님은
"말하라. 말한다고 해서 세상은 무너지지 않는다."
"말 안 하면 상대는 늘 행복하고 나만 아프다."
"말하면 일단 네 책임이 아니다. 듣고 안 듣고는 상대방 책임이다."

"한국 여성들, 특히 새마을 시대에 태어난 여성들은 혼돈의 시대에 살고 있다. 밀려오는 세대는 탁탁 자기 말을 한다. 알미울 정도로 한다. 그러니 연습하라."라고 귀에 딱지가 앉을 정도로 말씀하셨다. 교수님이 멋있어 보였다. 자신은 며느리에게 음식을 가져다주어도 아파트 경비실에 맡기고 며느리 집에 불쑥 찾아가지 않는다고 했다. 그리고 집에 돌아와 며느리에게 전화를 해 찾아가라고 한다고 했다. 쿨하게 사는 모습이 나하고는 달라도 너무 달랐다.

"근데 손자 돌 때 쿨하게 레스토랑에서 양식 먹고 끝내는 것 보고 서운하긴 하더라. 그래도 어쩌겠어. 내가 번잡하게 하는 것 싫다고 했으니."하며 교수님 가정의 에피소드도 들려주었다.

있는 그대로를 인정하고 받아들이고 사는 것이 가장 행복한 삶이라고 생각하고 있다. '있는 그대로 현실을 인정하기' 그것에서부터 행복이 시작된다고 생각한다. 물론 그런 단계가 되기까지 수많은 노력이 필요했다. 특히 과거의 나처럼 스스로 남이 날 어떻게 평가할까 두려워하고 남과 비교한다는 것을 인지하지 못한 채 살아가는 사람에게는 말이다. '내가 어떻게 살고 있나?'를 자각하는 힘을 갖는다는 것은 삶을 새로 설계하는 과정의 시작이었다.

"엄마요? 웃기지 말라고 하세요."
"아빠요? 아빠는 좀 나아요."
"제가 이러는 것 동생들에게 저 같은 일 안 생기게 하려고 하는 거예요. 이러다 제 동생 예준이도 또 그렇게 되니까요."
"늘 말하죠. 너 때문에 내 인생 망쳤다고."
"누가 저 태어나게 했냐구요."
"내가 죽는다고 해야 겨우 듣는 척하고."
내가 개입할 틈도 주지 않고 끝없이 쏟아내는 대학생 수정이의 말이었다.

화와 분노로 자기를 주체할 수 없을 만큼 자기에 대한 사랑이 하나도 없는 상태였다. 많이 아주 많이 마음이 아픈 수정이었다. 수정이는 오래도록 상담을 진행했다. 엄마가 내 '독서치료 심리상담' 프로그램에 참석한 후 자신의 딸을 만나달라고 부탁을 하여 상담을 진행하게 되었다.

아빠는 독일계 회사에 근무하였다. 엄마는 방과후교사를 하고 있었다. 수정이는 대학 3학년이었다. 여동생은 고등학교 1학년 이었다. 남동생은 초등학교 4학년이었다. 수정이는 엄마가 가혹하게 막내동생을 공부시킨다고 했다. 동생은 아프다고 했다. ADHD약을 먹는다고 했다.

수정이는 자신도 ADHD약을 먹었다고 했다. 지금은 절대 안 먹는다고 했다. 엄마는 자신의 못다한 꿈을 동생에게 전가하고 있는 중이라고 했다. 수정이가 엄마의 인형으로 사는 일을 중단했기 때문이라고 했다.

"제가 그만 분위기에 취해서 수정이가 생긴 거예요."
수정이 엄마는 부모상담 중에 수정이의 탄생이 싫었다고 했다.
"많이 말했지요. 힘들 때마다 너 때문에 네 아빠랑 살게 되었다고. 나쁜 사람은 아니어서 살았지요."
수정이 엄마가 딸에게 한 말이 아이들의 아픔으로 되돌아 왔다는 것을 말해 주었다. 아이들은 아무 잘못도 없다.
"오죽 했으면 제가 수정이 머리를 밀었겠어요? 도대체 밤새 무엇을 하는지."
수정이 엄마도 문제 원인을 수정이 탓으로 돌리고 있었다.
아이들이 그렇게 행동하지 않았다면 아이에게 공격을 하지 않았을 거라는 말은 나도 상담을 배우기 전에 내 아이들을 공격할 때 많이 사용했었다. 부모를 힘들게 하는 아이들도 있다. 그러나 부모가 먼저 원인을 제공하는 경우가 있다.

"수정아, 오늘은 『쌍둥이 빌딩 사이를 걸어 간 남자』를 만나 볼 거야."

나는 꿈에 대해 이야기를 하고 싶어 이 책을 선택했는데 나의 의도와는 다른 방향으로 상담이 진행되었다. 독서치료의 묘미다.

"무모한 짓을 하지 않았나 싶네요."

"무모한 짓이라는 생각이 먼저 들었구나. 무모한 짓이라는 생각이 든 이유는 뭘까?"

"굉장히 위태로워 보이고 무모해 보이네요."

"수정이는 위태롭다는 생각을 먼저 했구나. 나는 빌딩 사이를 나는 새가 자유로워 보이는데."

"저는 새는 보지 못했는데요? 참 다르네요."

"보는 것이야 다 다를 수 있어. 수정아 나는 수정이가 무모한 짓이라고 한 말에 의미를 부여하고 싶네."

"무모하죠? 한 번 실수하면 죽음이잖아요."

"그럴 수도 있지. 근데 '걸어 간'이잖아. 이 '걸어 간'에는 성공 이미지가 있는데."

"아. 그러네요. 선생님은 긍정으로 보는데 왜 나는 부정이죠?"

"수정이는 왜 그런 것 같아."

"혹시 제가 늘 그런 말을 하고 있는 것은 아닐까요?"

"오우. 수정이가 그렇게 말하니까 내가 더 놀랍다. 수정이도 수정이가 주로 사용하는 말이 부정적이라는 생각을 하고 있었다는 사실이."

"그건 아니고요. 갑자기 문득 그런 생각을 하게 된 거예요. 지금."

"그랬구나. 하나 인정한 거네."

"그래요. 나는 평소 부정적인 말 많이 쓴다."

"그럼 책장을 넘겨보자."

"긍정적으로 사는 남자, 무모한 남자."

『쌍둥이 빌딩 사이를 걸어 간 남자』를 읽고 수정이는 자신이 원하는 것이 무엇인지 찾아보기로 했다.

누가 뭐라고 해도 자신이 해 보고 싶은 일을 한 남자 이야기는 수정이에게 어떤 의미였을까? 수정이는 부모가 이 세상에 자신을 태어나게 한 자체를 저주했다. 왜 태어나게 하고 자신을 옭아매냐고 항변했다. 『우리 엄마』 책도 읽었다. 다른 모든 것을 포기하고 엄마의 삶을 택한 뚱뚱하지만 포근한 엄마, 그런 엄마가 슈퍼에서 먹을 것을 잔뜩 들고 오는 모습에 달려가는 책 속 딸의 모습을 보면서 수정이는 말했다.

"나도 엄마를 이해하려고 했어요."

"이해하려고 했구나!"

"엄마가 아빠 대학 졸업시키고 박사 시킬 때까지 엄마가 노력한 것 다 아니까요. 그리고 저희들 놔두고 건설회사 다닌 것도 알아요."

"엄마가 대단하시다. 그런 엄마가 왜 싫고 미웠을까?"

"엄마가 힘들다는 말을 너무 많이 했어요. 초등학교 때는 잘 몰랐죠. 그런데 제가 좀 공부를 못해 오면 엄마가 저에게 엄청 공격을 했어요. 그때 안 거죠. 엄마가 진짜 나 때문에 인생 망쳤다는 것을."

"수정아. 너 너무 쿨했네."

"제가요? 저 쿨하지 않아요."

"응. 쿨했던 것 같아. 엄마가 힘든 것은 수정이가 생겨서 아빠랑 살게 되었다. 모두 수정이가 생긴 탓이다. 라고 해버렸잖아. 그게 잘못된 쿨한 생각이라는 것이지."

"뭐예요? 진짜인 줄 알았네. 쿨하지 못했던 거죠. 단순했던 거죠."

"그거야 엄마가 힘든 것이 수정이 탓이 아니라는 거야. 엄마의 선택이었다는 거야. 그리고 엄마가 너를 버릴 수도 있었는데 너를 태어나게 해주셨잖아. 그때는 엄마도 이렇게 힘들 줄 몰랐을 거야."

"그래도 그건 너무 한 거죠. 귀에 딱지가 앉았어요."

"나도 그런 적 있단다. 선생님 딸에게 막 화를 냈지. 그리고 뒤돌아서 후회도 했고, 아마 그때는 선생님도 너무 지쳐서 화를 풀 대상으로 우리 딸을 택했다는 생각 많이 한단다."

"헐, 선생님도요?"

"나도 실수 많이 했다."

"진짜요? 저 위로하려고 그런 건 아니고요."

"상담자 윤리에 진실성이 있다. 그랬어. 그런데 너 내가 그랬다고 하니까 얼굴이 왜 밝아지지?"

수정이는 조금씩 마음의 문을 열었다. 엄마를 향한 분노를 조금씩 걷어냈다. 수정이 엄마가 노력을 많이 했다. 부모 상담에 아버지도 함께 했다.

"제발, 엄마가 동생 예준이는 그냥 두면 돼. 이게 바라는 거야."

수정이는 가족상담에서 이 말을 하고 울었다.

수정이는 특별한 아이였다. 자신의 아픔을 꽁꽁 싸매기를 거부했다. 그리고 자신이 충분히 아파도 되니 동생만은 건들지 말라고 했다. 자신의 아픔을 살피지도 않고 덜어내고 그 자리에 동생의 아픔을 담으려고 했다. 나는 수정이가 충분히 아프다고 말할 수 있게 했다. 너무 고마운 것은 수정이 엄마였다. 자신이 잘못했다고 용서를 구했다. 수정이에게 엄마의 용서를 덜어내지 말고 고스란히 받아달라고 나는 말했다. 덜어내지 않아도 좋은 진정한 미안함이기에….

세상에 온 아이를 책임져 준 수정이 엄마가 고맙다. 갑작스런 결혼과 육아에 실수했지만 지금이라도 회복을 위해 노력하는 엄마가 고맙다. 무서웠을 것이다. 자신이 던진 말이 딸을 이토록 아프게 한 것을 안 순간. 나도 그랬다. 그래서 더 가슴 아팠다. 더 도와주고 싶었다. 내가 먼저 다가섰을 때 딸이 받아주었듯 엄마가 다가서는 것이다. 아이들은 꾹 누른다. '힘만 세져 봐. 경제력만 있어 봐' 하면서 말이다.

덜어내지 말아다오. 엄마 아빠도 실수를 했단다. 진심으로 미안해하는 마음은 받아주렴. 너희도 힘이 있으니까. 지금까지 버텨 온 그 에너지가 너희 삶의 원동력이었단다. 나는 그 힘을 믿는다.

제5장
나를 만나다

Meet me

제 5장 나를 만나다

"다은아, 근데 왜 라또 남겼어?"
"선생님이 구멍이에서 나온다고 했어."
"우리 다은이 잘 쏴고 있는 거지?"
"똥 구멍이에서 나온 됐어."
"다은아, 다음부터는 남은 것 담아 달라고 하지 마."
"엉."
"라또….."
"엄마, 엄마."
"……."

칸막이를 사이에 둔 딸과 엄마가 내가 들어 온 줄도 모르고 대화를 하고 있다. 엄마는 라또 이야기를 하고 딸은 선생님이 들려 준 구멍이 이야기를 하고 있다. 이야기를 엿듣는 나, 물소리에 이야기를 끊는 엄마, 엄마를 부르는 어린 아이의 목소리 '라또'와 똥, 전혀 대화가 안될 것 같은데 딸과 엄마는 소통을 하고 있다.

화장실에 들어오기 전에 책으로 만난 '프레드릭'과 네 마리의 꼬마 쥐가 여기에 있는 것 같았다. 『프레드릭』에서 주인공 '프레드릭'은 반쯤 감긴 눈으로 햇살과 색깔과 이야기를 모으고 친구 쥐들은 옥수수와 밀과 짚을 모으며 겨울을 준비한다.

'프레드릭'의 엉뚱함을 눈감아 주는 친구들의 모습을 떠오르게 하는 엄마의 말, 라또에 똥구멍 이야기를 하는 아이의 엉뚱한 답에서 나는 행복감을 느꼈다. 아주 작은 것에서 행복을 즐기고 있는 내가 되어 있다. 50에다 숫자를 더 붙이고 있는 지금 나는 조급함이 많이 사라졌다. '행복은 언제쯤 오나?'가 아니라 진행형 행복을 즐길 줄 아는 내가 여기 있다.

1. 새댁은 아이들을 가르치는 덕을 쌓아야 해

2004년 남편이 아는 사람이 아무도 없는 곳으로 가야 살 수 있을 것 같다는 말에 대전에 그냥 왔다. 대전에 이사를 온 후 나에게 '쉼'이라는 단어는 없었다. '할까 말까' 고민할 시간도 없이 내게 주어진 일이면 감사함으로 아이들을 가르치는 일과 상담을 했다. 대전은 나를 발견하는 곳이 되었다. 사람을 만나는 장소가 되었다. 이제 대전은 나의 숨터이고 일터이고 쉼터가 되었다.

독서치료사, 청소년 상담사, 임상심리사, 군인상담, 학부모 교육, 부부상담, 청소년 상담, 평생 학습기관 출강 이라고 적힌 엄·명·숙 한 장의 명함을 만들기 위해 쉼 없이 달렸다.

날짜는 몰랐다. 월 화 수 목 금 토 일 로 날짜가 지나갔다. 오전에는 성인대상으로, 오후에는 어린이 대상으로 하는 도서관 수업이 고정되어 있었다. 방학이 되면 방학특강을 하였다. 또 지역아동센터, 복지관, 각 학교에서 다양한 수업을 했다. 그리고 밤에는 독서논술 수업과 국어영역 수업을 했다.

내가 가르치던 친구들은 초등학교 2학년 때부터 시작해 고3까지 나랑 10년을 넘게 만나는 친구들이다 보니 조카들이 된다. 대학 진학 컨설팅도 해주는 경우도 많다. 이렇게 살다 보니 휴가를 가져 본 지 오래되었다.

"엄 샘, 휴가 언제가?"
함께 다니는 혜경 선생님은 휴가철만 되면 묻는다.
"휴가 반납 처리한 지 몇 년 되었는데요."

나는 매번 같은 답을 반 년에 한 번씩 들려주었다.

"그래도 쉬면서 해야지."

"틈틈이 가지요. 멀리는 못 가도 휙 갔다가 휙 오는 거지요."

"그리 살면 안 돼."

"곧 오겠지요."

등에 땀띠가 나도록 일을 할 때도 있었다. 지금 생각해도 기적이다. 어찌 그 많은 날을 달려올 수 있었을까? 어린 친구들을 만나는 일이 재미가 없었다면 나는 이 일을 하지 못했을 것이다. 사람들을 만나는 일이 나와 맞지 않았다면 그만두었을 것이다. 정말 사람을 만나는 일을 하리라고 생각도 못 했다. 사람과 친해지기 힘들어하던 내가 사람을 만나는 일을 하고 있다. 이것이 기적이다. 내 안에 잠들어 있는 재능을 발견할 수 있어 너무 감사하다.

내가 대전에 와서 가르침과 배움으로 만난 사람은 참 많다. 한 해에 백 명이 넘는 사람과 최소 3개월 이상 만남의 시간을 가졌다. '독서치료 심리상담' 프로그램이라는 이름으로 어른들과 마음을 나누는 시간도 가졌다. 시댁 식구들에 대해 불만을 털어놓고, 남편 칭찬도 해보고, 자식 걱정도 하고, 자신의 아픔도 이야기했다. 원가족의 아픔도 사랑도 이야기했다. 육아상담도 했다. 프로그램을 늘 함께하는 '엄 쌤 팬'도 있다. 마음을 나누는 만남은 나를 늘 깨우고 성장하게 했다. 그리고 그들의 소개로 개인 상담도 하게 되었다. 도서관에서 상담프로그램을 열어 준 담당자에게 감사함을 잊지 않는다. 그래서 도서관에서 부탁을 하면 늘 오케이 대답을 한다. 그리고 도서관에서 운영하는 프로그램에 시간을 내어 참석을 하려고 노력한다.

아이들이 좋다. 성격도 다르고 자라는 환경도 다르지만 나는 아이들이 좋다. 내 아이들과 함께 있는 시간보다 나에게 배우러 온 아이들과 더 많은 시간을 함께 했다. 아이들로 인해 기쁘고 즐거웠다. 그들과 문학작품을 읽으면서 세대 차이를 통감하였다. 그래도 책을 읽는 이들은 스스로 생각하는 힘이 있다. 책을 통해 아이들과 내가 어렸을 때 읽지도 못한, 아니 있는지도 몰랐던 책들을 읽었다. 아이들을 가르치다 내가 더 많이 읽고 더 많이 성장했다. 아이들과 책을 이야기하려면 읽고 연구해야 했다. 관련된 신문기사도 챙겨서 읽어야 했다. 같은 책을 20번 넘게 읽은 책도 있다. 중고등 필독서라고 하는 책들은 외우다시피 한다. 고전시가는 이제 시험에 어떻게 나올 것까지 예측한다. 내가 처음 만났던 친구들은 이제 30대 후반이 되었다. 장가도 가고 시집도 갔다. 아이 아버지가 되고 엄마가 되었다. 그들이 나를 찾아올 때는 뿌듯하다. 카톡 프로필을 보면서 그들의 성장을 함께 본다. 사회의 한 몫을 하고 있어서 사랑스럽고 예쁘다. 2019년은 내 제자들이 수능대박을 쳤다. 서울대에 합격도 하고 의대에 합격도 하고 서울교대도 가고, 원하는 대학에 다들 수시로 합격해 내 카톡 프로필에 제자 합격소식을 올렸다.

"새댁 이리와 봐."
대전에 오기 전 가동에서 길을 가는데 동네 쉼터에서 쉬고 있던 할머니가 나를 불렀다.
"네?"
"새댁은 아이들 가르치는 덕을 쌓아야 해."
하던 처음보는 이름도 모르던 할머니의 말씀이 생각난다.

2. 내담자에게 배우는 지혜

조금이라도 시간이 나면 집 가까이 있는 계족산에 간다. 가는 날이 정해 진 것도 아니다. 어느 때는 한달 가까이 못 가기도 하고 가다 보면 매일 가기도 한다. 계족산을 오르는 사람들이 시간대가 다르다는 이야기를 들었다. 맨 먼저 오르는 사람들은 아주 부지런한 사람들이란다. 그 다음은 자녀들을 통학 차로 학교에 보내고 온 중·고등학생 학부모란다. 그 다음은 초등학생 학부모이고 10시 너머 오는 사람은 유치원생 부모란다. 그 이야기를 들으니 그럴 듯도 하였다.

"언니야, 진짜 그런 것 같다. 그럼 우리는 뭐여?"
"우리는 자유인이지. 요즘은 등산도 패션이야. 다 등산복 차림으로 멋지게 가잖아."
"그게 뭔 상관이랑가? 그냥 나 편하면 되지. 참, 언니도."
"그러니까 안 되는 거여. 너는 너가 만나는 사람들에게만 집중하니까 잘 모른다."
옆에서 듣고 있던 동생도 말한다.
"명숙이 언니는 순수하다니까. 가끔 오니까 그려. 언니는 저런 등산복 천 개를 줘도 안 입제?"
"나는 편한게 좋아부러."
"그라제."
"그라제."
몸이 안 좋은 둘째 언니랑 거제서 이사 온 고향 동생과 함께 산에 오르다 보면 온갖 세상이야기를 들을 수 있다.

언니는 여러 곳에서 얻은 정보들을 내게 전달해 준다. 고향 후배는

뜨개방에서 들은 이야기를 들려주었다. 한참 시간이 지난 동네 사건들이기도 하고 새로운 건강식품 소식이기도 하였다. 두 사람과 함께 하는 규칙적이지 않은 산행은 그냥 편하다. 그러다 산 입구에서 수확한 상추도 2천 원어치 사고, 풋고추도 사고, 호박잎도 사고, 못생긴 당근도 사서 집에 돌아올 때도 있었다.

"계족산 상추는 오래 간다. 싱싱하다니까."

언니는 상추를 사는 나를 기다려주며 한 마디 한다.

"긍가?"

"확실히 달라."

"방울이도 더 많이 준다. 새벽에 따서 싱싱해."

기관지가 약해 마스크를 사랑하는 동생도 한마디 해준다.

"그냐?"

둘에게서 나는 살아가는 방법을 듣고 있다. 그런데 그것이 어느 순간 상담현장에서 내 말이 되어 나오기도 한다. 모든 것이 배움이었다.

2013년 대전에서 진행한 프로그램에 남자 어른들도 계셨고 2014년에는 대동아 전쟁에 참여하신 어르신들이 주축을 이룬 실버상담도 재미있게 진행했었다. 그렇지만 대전 근교에서 매주 화요일 밤에 진행한 프로그램은 초기에 너무 힘들었다.

"이 시간은 책을 통해 자신의 삶을 돌아보는 시간이 될 거예요. 수업 계획서에 따라 심리검사도 할 거예요. 여기서 주고받는 이야기는 밖에서 하면 안 됩니다. 프로그램에 참가하는 동의서를 써주시고 저도 프로그램 내용을 사용할 때 동의서에 기록 된 것처럼 철저히 가명을 쓰고 최소한의 것만 사용하겠습니다. 동의하지 않으셔도 괜찮습니다."

하며 말씀드렸지만 비밀보장은 완전히 잊고 첫 시간에 했던 활동을 페이스 북에 올렸다고 자랑을 하시는 집단원도 있었다.

"어, 아버님 안 되는데요."

"내 것만 올렸어. 내 것만."

"본인 것만 올리신 걸로 믿어요."

"그랬다니까."

집단원의 욕구를 파악하는데 이렇게 긴 시간을 보낸 것도 처음이었다. 심리검사를 시작하자 몹시 불편함을 표현하기에 집단검사를 멈추고 검사를 원하는 분만 다른 날 따로 해 드렸다.

첫 회기 후 나는 1주일을 고민해 집단원과 라포를 형성하기 위해 준비하고 준비했다.

'내가 이정도 밖에 안 되나?' 눈물도 나왔다. 자신을 보여주기 힘든 사람들이 상담에서 빠지고 마지막까지 함께 한 선생님들은 남자 넷, 여자 여섯이었다. 자식들이 가정을 이루고 손자 손녀가 있는 어른들과 가장 어린 집단원이 대학생 자녀를 둔 여자 선생님이었다.

"이 지역이 저를 싫어하나 봐요. 제 프로그램 시작하려고 하면 비도 자주 오고, 사실은 제가 지금껏 여러 곳에서 이런 프로그램을 진행했는데 여기가 제일 힘들어요. 그래서 너무 슬퍼요."

나는 내 마음을 이야기했다. 한결 마음이 편했다.

"신청은 이렇게 많이 해 놓고 안 오는 사람들이 나쁜 거여. 신경 쓰지 말고 하세요."

"시골 사람들이 이런 것이 낯설어서 그래요. 강사님 탓이 아니니까 그냥 하세요."

"오늘은 왜 회장님 못 나오신거여. 전화 해 봐야겠네."

힘을 주는 말을 해주신 집단원이 너무 감사했다. 회기가 진행될수록 다시 자신감을 얻게 되었다.

"아버님, 방금 남편 때문에 속 터져 죽는다고 용미 선생님이 그러셨어요. 아버님은 이야기를 듣고 어떤 생각이 드셨어요?"

하얀 머리를 곱게 빗어 넘긴 까만 양복차림의 집단원에게 나는 질문을 했다.

"내 안사람은 활활 타는 가랑잎이었어. 우리 안사람이 아홉 자매인데 우리 안사람만 성격이 그려. 그때는 내가 나가야지, 어떡혀."

이석진 어르신이 손을 저으면서 천천히 이야기를 하신다.

"그때는 방법이 없어. 내가 똑같이 소리 지르면 안 되니까 내가 먼저 나가는 거여. 그리고 화를 풀고 오면 조금 나아. 내가 40년을 넘게 그렇게 하니 달라지더라구."

톤에 변화가 없는 굵직하고 차분한 목소리로 이야기를 하셨다.

"에고, 저희 신랑은 말을 안 해요. 말을…. 제가 담하고 사는 것 같다니까요? 농장을 하니까 어쩔 수 없이 24시간 붙어 있어요. 남한테는 잘해요. 내가 이 시간에 그 인간하고 떨어져 있으려고 여기 왔다니까요."

용미 선생님의 높고 빠른 말이다.

"아버님, 저럴 땐 어떻게 해야 할까요?"

내가 다시 한 번 이석진 어르신께 질문을 했다.

"음, 남자는 말이여, 자꾸 쪼면 안 돼. 냅둬 봐."

"아이고 아버님처럼 느긋느긋하면 괜찮게요."

"결혼 할 때는 좋았을 것 아녀?"

"그거야, 그러니까 결혼 했죠."

"그라믄 그 사람 좋은 점은 한 가지 있나?"

"음, 있네요."

목소리가 아주 높고 빠르던 용미 선생님의 목소리가 낮아지고 느려지고 있었다. 나는 두 선생님의 대화를 지켜보면서 용미 선생님의 변화를 살폈다.

"아버님과 용미 선생님의 대화를 다른 분들은 어떻게 생각하시나요?"

"용미 선생님 남편 분이랑 우리 신랑이랑 똑같아요. 똑같아."

지선 선생님이었다.

"선생님들, 혹시 용미 선생님에게 어떤 변화가 있었는지 알아차렸나요?"

"……."

답이 없다.

"용미 선생님은 어떠셨어요?"

다시 용미 선생님께 집중했다.

"우리 신랑이 아버님 반만 됐어도 하는 마음이 들었어요. 사모님이 부럽다는 생각이 들었어요."

"아 그런 마음이 드셨군요. 가랑잎 같은 성격에도 남편이 참아주는데 우리 남편은 '왜 그래?' 하는 서운함일까요?"

"그런 것도 있고 왜 나하고는 말을 안 할까하는 생각도 들고, 이제 내 나이가 육십도 더 됐는데 주책인가 싶기도 하고."

"순식간에 많은 생각을 하셨네요. 저는 용미 선생님이 아버님과 대화하면서 말의 속도가 점점 느려지고 목소리도 차분해짐을 느꼈어요. 혹시 집에서 남편분께 어떤 투로 말씀을 하시나요?"

"헐"

용미 선생님이다.

"세상에 진짜 그러네."

용미 선생님이다.

"혹시 언제부터 이렇게 큰 소리로 빨리 말하기 시작 했을까요?"

"오래 되었네요."

"아버님이 천천히 차분차분 말씀하시니까 용미 선생님이 거기에 따라가셨어요. 그러면서 선생님도 감정이 내려앉았고 불편한 내용이지만 이야기가 이어졌어요. 선생님이라면 큰 목소리로 쪼아대는 누군가와 대화하고 싶을까요?"

"아니지. 저도 하기는 싫을 것 같아요."

"자, 지선 선생님은 어떠세요?"

『리디아의 정원』을 읽고 내 마음의 정원을 표현하였다. 그 정원에 이름을 붙여주면서 자신의 삶이 고스란히 녹아져 있다고 스스로가 알아차리는 집단원을 보았다. 칠십평생, 육십평생을 살아오면서 '이런 것 처음 해 본다'며 미소를 지었다. 그리고 『손이 들려준 이야기』로 마지막 수업을 했다. 손이 들려주는 이야기처럼 살아온 기간보다 더 짧을 수도 있는, 살 시간을 소중히 살아가리라 다짐을 했다. 분위기가 숙연해졌다. 집단원의 허락을 구하고 손을 하나하나 만져보았다. 내 손보다 더 큰 남자 어른들의 손, 『손이 들려준 이야기』 속의 손이 여기에 있었다. 딸기 농장을 하느라 쉴 틈 없는 손도 예쁘다. 손에 피어난 노인성 반점도 그대로 멋지다. 집단원 자신에게 주는 상장을 만들어 보았다. 클리어 파일 한 장에 상장을 끼어 드렸다.

"세상에 이런 것도 준비하셨어요?"

하셨다.

"수제 잼이에요. 내가 만든 것이니까 꼭 선생님이 드셔."

"여기 오면 연락하고, 가까우니까."

"그동안 힘드셨죠. 나는 진짜 좋았어요. 다음엔 선생님에게 맞는 연령대로 하면 더 좋겠어."

"늦었지만 차라도 마시고 가십시다. 우리 때문에 힘 들었제."

"고맙습니다. 딸이랑 선생님 가르쳐 준대로 하고 있어요."

"이혼은 좀 생각해 볼게요."

한 해에 이런 상담 프로그램으로 만나는 어른들이 최소 60여 명은 넘는다. 가장 힘들고 어려웠던 시작이었지만 기억에 오래 남는 만남이기도 했다. 사람은 겉으로 표현은 안 해도 마음에 담고 있는 것이 있다. 집단원에게만 '자기를 표현하자'라고 하지 않고 나도 표현해야 함을 다시 배웠다.

먹다 남은 잼은 버리지 말고 돼지고기 양념 잴 때 같이 넣으면 고기가 부드러워진다는 정보를 알려 주신 살림꾼 지선 선생님, 간헐적 단식이 내 뱃살 제거에 도움이 된다며 방법을 적어주신 순희 선생님, 전 재산을 사회에 기부한다고 밝힌 석진 선생님, 일찍이 소년가장이 되어 동생들 다 혼례시키고 지금도 농사를 지으며 사는 자신을 고마워하는 동생들이 더 고맙다는 따뜻함을 소유한 용수 선생님, 상처를 준 사람을 용서하고 사랑으로 살아가기로 다짐한 미애 선생님, 세상에 사연 없는 사람은 없다.

그 사연을 가슴에 안고 살 수 없을 때 언제든지 들어 줄 수 있는 마음 넉넉한 이웃이 주변에 많다. 나에게 오는 모든 만남 속에서 나의 배움은 커 가고 있다.

3. 물푸레나무가 되어주셔 고맙습니다

'정말 고맙고 감사합니다.' 언제나 프로그램을 시작할 때 늘 생각나는 사람이 있습니다. 내 일생 최대의 큰 실수를 눈 감아 주신 아버님을 한 번도 잊은 적이 없습니다. 상담자로서의 길을 가지 못할 수도 있었는데 당신이 그 모든 것을 용서해 주셔 여기 있습니다. 용서받은 저는 늘 감사합니다. 지금도 그 흔들리던 6년 전 아버님의 눈동자가 여기 가슴에서 살아납니다. 아버님, 물푸레나무는 '물을 푸르게 하는 나무'란 뜻의 아름다운 우리말이라고 합니다. 실제로 어린 가지의 껍질을 벗겨 물에 담가보면 파란 물이 우러난다고 합니다. 물푸레나무의 껍질을 우려내어 눈을 씻으면 눈이 밝아진다고 합니다. 아버님은 제가 진정한 상담사가 되라고 물푸레나무가 되어 채찍질해 주셨습니다. 제게는 아름다운 어른이시고 정신을 번쩍 들게 한 분입니다.

2회기 때 심리검사를 하였다. 한 남자 어른의 그림이 너무나 혼란스러웠다. 필선이 끊어졌다 이어지기를 반복하였다. 심리적으로 몹시 불편하다는 신호였다. 그림 4장이 모두 그랬다. 분명 첫날 자신을 소개할 때 대학원을 나와서 지금은 경락을 하고 있다고 했었다. 대학원을 졸업하고 도서관 강좌를 들을 정도면 이렇게 그림을 그릴 수 없는데 너무 의심스러웠다. HTP 검사결과를 해석했다. 문장 완성 검사도 꼼꼼히 영역별로 해석을 했다. 이 어르신의 MMPI 검사 결과지를 출력했을 때 우울을 나타내는 2번 척도가 매우 높이 떴었다. 그러면 그림해석과 MMPI 검사는 일치하게 된다. 심한 우울증이나 심리적 불편감이 있다는 결과였다. 심한 스트레스 상황이라는 표시였다. 3회기도 지나고 5회기 때였다.

"아버님들 나란히 앉으셨네요?"

"어쩌다 보니 같이 앉게 되었습니다."

심리검사를 해석하는 해석 상담을 하면서 집단원과의 친밀감도 높아지고 나와도 많이 가까워졌다. 5회기쯤 되면 집단의 역동도 잘 일어난다. 어찌 잊을까? 이 아픈 날을….

책은 『아홉 살 인생』이었다. 여민이가 들려주는 성장소설로 채석장에서 일을 하는 아버지, 한 쪽 눈이 먼 엄마, 여민이의 단짝 친구 기종이, 아홉 살의 눈으로 이야기를 들려주는 주인공 여민이가 나온다.

"책 읽어오느라 수고 많으셨지요?"

"읽을만했어요."

집단원끼리 대화도 오고 갔다.

자녀에 대한 이야기가 나왔다.

"참, 우리 둘째 딸이 세종으로 이사를 가버렸어."

"둘째 따님이 이사 가서 서운하신 거예요?"

"오히려 잘 되었어요. 언니를 시샘했는데, 언니가 저리되었어도 슬퍼하지 않고, 음…."

"……."

"아빠는 언니한테만 관심을 갖더니 잘 되었다고 악담을 해서 싸웠습니다. 죽은 언니한테 왜 이러는데 놔줘야지 하면서 다시는 나 안 본다고 가버렸어요."

아버지와 딸이 싸우고 딸과 결별했다는 집단원의 속상한 이야기를 들었다.

"완전 콩가루 집안이네요."

해서는 안 될 말이 내 입에서 튕겨 나와 버렸다. 아버님의 눈동자가 어디로 가야 할 줄 몰라 했다. 나도 순간 실수를 알아챘지만 이미 늦었다. 집단 분위기도 완전 싸늘해졌다. 아버님의 외출이 얼마나 힘들었는지 알고 있기에 이런 실수를 하면 절대 안 되는 거였다.

"콩가루가 되어야 고소한 맛이 나잖아요. 콩 그대로 있으면 고물로 못 쓰니…."

나는 어리석은 말도 안 되는 말로 위기를 모면하려고 했다. 말을 하면서도 얼굴이 화끈 달아오름을 느낄 수 있었다. 아버님이 한 마디 하셨다.

"맞지요. 콩가루 집안. 작은 딸이 서운할 만도 하지."

"아버님 그게 아니라 콩고물로 쓰이려면 원래의 모습을 벗고 다시 태어나야 한다는 의미에요."

"선생님, 괜찮습니다."

"……."

나는 부끄러웠다. 울고 싶었다. 아픔을 딛고 세상을 향해 문을 열기 시작한 내담자에게 나는 무슨 짓을 한 것인가.

한 주 후 아버님은 아무 일도 없었다는 듯이 그 자리에 앉아계셨다. 아무도 없는 빈 강의실에서 아버님은 날 기다려주었다. 까만 서류가방을 책상에 올려놓고 두 손을 깍지 껴 무릎에 올린 채 천장을 보고 계셨다.

"아버님, 용서해 주세요. 지난주 제가 실수 한 것을 용서해 주세요."

"마음에 담아두지 마세요. 선생님 말씀 듣고 나도 집에서 한참을 생각했습니다. 둘째 아이 말처럼 첫 아이에게 나를 다 주었다는 생각을 했습니다. 착실했고 내 기대를 다 채워준 딸이었으니까요. 그러니 그 아이가 그리되자 나는…."

"진짜 죄송해요."

"아닙니다. 선생님의 그 말이 나에게 충격이었지만 둘째를 다시 생각하게 되었고, 그 아이가 외로웠다는 걸 알게 되었습니다."

"아버님."

"선생님이 사위도 보내줘야 한다고 했지요. 지금은 아니라도 언젠

가는 보내야지요."

"……."

    너무나 차분한 목소리로 말씀하시던 아버님의 모습이 지금도 다시 살아난다. 아버님은 긴 투병을 하고 있는 중이었는데 아버님께 너무 큰 아픔을 주었던 것이다. '미쳤다, 미쳤어. 그 자리에서 죄송하다 했어야 했어.' 후회하며 지옥 같은 1주일을 살았다. 아버님은 괜찮다고 하셨다. 나는 아버님의 그 눈을 잊을 수가 없다. 얼마나 큰딸을 그리워하고 있는지 전해져 왔다. 그 딸이 없어지면서 모든 것이 사라져 버렸다. 딸의 억울한 죽음을 산재로 인정받기 위한 힘들고 긴 법정투쟁을 한 아버님이었다. 딸이 산재로 인정받자 1년 만에 딸을 땅에 돌려보내셨다. 1년을 세상에 존재하지 않는 딸과 함께 기거했다. 결국 언니의 부재에도 끝도 없는 아버지의 언니에 대한 사랑에 작은딸은 분노를 느꼈다.

    '나는 뭐냐고요? 나도 아버지의 딸이라고요.' 첫딸의 억울함을 풀기 위해 이곳저곳을 찾아다닐 때, 둘째 딸은 아버지는 철저하게 자신을 버려두었다고 생각했다.

    아버님이 주신 손안마기 잘 쓰고 있답니다. 둘째 딸과 함께 세종서 사신다고 소식 들었습니다. 아버님이 저를 품어주셔서 제가 여기에 있습니다. '두 번 다시는 실수하지 않겠다.'고 다짐하지만 또 실수를 할 때가 있습니다. 이제는 즉시 수정합니다. 아버님, 늘 물푸레나무로 건강하게 서 계셔주세요. 뵙고 싶습니다. 명함을 주시면서 '선생님 오시면 무료로 해드립니다.'라고 하셨던 말씀은 초대였지요? 아직 그 초대는 유효기간이 안 끝났지요? 늘 감사함으로 초대에 답하고 있습니다.

4. 삶의 주인은 바로 당신입니다

"여보세요?"

"명숙이냐?"

"네. 왜요? 엄마."

"이를 할 거나? 그냥 이대로 살아 볼까?"

"엄마, 나는 결정권이 없어. 엄마가 해야지."

"그래도 니 말 들어보고…."

"엄마가 결정을 내리면 그대로 일을 처리할 게요."

"그니까 돈도 많이 들고, 이 없으니 서운하기 하다만은 그작저작 살아볼까?"

"엄마가 결정해야지 나는 못해."

"알았다."

"이제는 엄마가 결정하는 거여. 다른 것처럼. 글고 엄마가 책임지는 거고."

"그래야겠지."

"엄마, 나 지금 나가."

서운함이 묻어나는 엄마의 목소리를 무시했다.

아버지랑 엄마를 모시고 저녁을 먹다 엄마의 임플란트 이가 **빠졌다**. 치과 문이 열기도 전, 집에 오신 엄마를 치과에 모셔다 드리고 나는 도서관을 향했다. 특강이 시작되는 날이었기에 마음이 더 여유가 없었다. 여든이 넘은 엄마는 임플란트를 할 수 없었다. 대신 세 개의 이를 거는 보정시술을 하기로 했다. 1주일 후에 있을 시술을 위해 당뇨약과 고지혈증 약도 잠시 끊어야 했다. 엄마는 치과를 이미 방문한 상태였다. 언제나 그랬듯이 이미 결정하시고 나와 작은 언니에게 너희가 결정한 대로 했다며 항상 책임을 미루는 엄마의 목소리에 화가 났다.

엄마는 새벽 4시면 움직이셨다. 다만 무릎을 구부리고 펴기가 힘들다고 더 건강관리를 하는 엄마였다. 모든 일을 스스로 처리하는 엄마였지만 마지막 결정은 나와 작은 언니에게 물었다. 예전에는 '그러면 좋겠네. 해, 하면 되지.'라고 답했다.

'니들이 하라고 해서 했더니 이 모양이다.'

'니가 하지 말라고 해서 안 했더니 이 모양이다.'

라는 원망의 소리를 듣기도 했다. 엄마는 무릎이 불편할 때마다 '수술을 해버릴 걸 그랬다'를 수없이 반복했다. 10년을 비워 둔 시골집을 어쩔 수 없이 팔았는데 '그때 내가 정신이 없었어야, 전세를 내 놓았으면 전세라도 받을 건디.' 하며 아쉬워했다. 나는 5년 전부터 비어 있는 시골집을 전세 내놓자고 했었다. 어느 순간부터 이미 결정해 놓고 책임을 회피하기 위해 최종 결정을 묻는 엄마에게 즉답을 안 하게 되었다.

결정은 엄마의 몫이라는 걸 지금 엄마는 연습을 하고 있다. 나도 마찬가지다. 엄마가 언제까지 내 옆에 계실지 모르지만 나는 엄마와 분리되는 삶을 살기 위해 부단히 노력 중이다. 어쩌면 엄마는 내게 가혹하다고 말할지도 모른다. 다행인 것은 엄마도 그것을 받아들이고 있다. 같은 아파트 단지에 함께 사는 부모님, 전화로 부르면 언제나 달려갔던 나, 유독 부모님에게 약했던 나는 너무도 고생하며 살아온 부모의 삶이라는 것을 알기에 부모의 요구를 거절하지 못하고 받아들였다. 그런 나와 작은 언니의 태도가 엄마의 노년을 불안하게 했다는 생각이 든다. 이제 끌려다님을 멈추겠다는 것이다. 그래야 엄마도 나도 행복할 수 있을 것이다. 뒤늦게 독립되어 살아 보고자 노력하는 엄마와 딸이 여기 있다.

많은 사람을 만나고 헤어지고 또 만났다. 책으로 만나는 마음여행을 했다. 웃고 있지만 울고 있던 그녀들이 있었다. 아버지라는 이름으로 말을 아끼던 그 남자들이 있었다. 누군가 상처를 받을까 차마 말 못하고 가슴만 쓸어내렸던 착하디 착한 사람도 있었다. 엄마라는 이름으로 아이들을 소유물로 생각했던 이도 있었다. 아프다고 소리쳐도 눈길 한 번 안 주는 부모를 원망하며 복수의 날만을 기다렸던 이도 있었다. 나만 빼고 다 행복한 것처럼 보였다. 채워지지 않는 것을 찾아 나선다. 그것이 내 것이 아니라는 것을 인정하기가 너무 싫다. 그래서 더 아기처럼 투정부리고 갖고 싶어 한다.

"있는 그대로 자기를 인정하세요."

있는 그대로를 인정하기가 쉽지는 않다.

"그 순간부터 조금 편해지지요."

아니다. 그 순간부터 편해지는 것이 아니라 처음에는 낯설다. 지금까지 피하고 감추고 싶은 것을 다 드러내 놓고 사는 것이 불편하다.

"매일 점검하는 거예요."

"상담 효과가 2주는 가는 것 같아요."

라고 말하는 내담자에게 나는 미소를 짓는다. 자기의 변화를 알아차리기 시작하고 있는 내담자이기 때문이다.

"상담이 효과가 없는 것 같군요. 어떤 부분에서 그렇게 느끼셨는지 말씀해 주시면 정말 좋겠어요?"

"아, 그럴 수도 있어요. 상담 효과가 서서히 나타나기도 하니 실망하지 마세요. 솔직히 말씀해 주셔서 감사해요."

상담사는 상담의 효과를 하루아침에 증명할 수 없다. 상담사는 다만 도와주고 내담자를 지지해주는 조력자이다. 나는 상담의 힘을 믿는다. 변화가 더디 올 수도 조금 빨리 올 수도 있기 때문이다. '생각이 바뀌면 행동도 바뀐다.'는 내 인생 좌우명이다. 인지정서행동치료 (REBT)이론이 내 생각과 일치해서 나는 이 이론을 적용한 상담을 주로 한다.

남편의 실직에 실망했으면서 실망 안한 척 가짜 삶을 살던 내가 아니다. '내려 놓으니 편하더라.'는 말의 의미을 깨닫게 되었다. 내가 만난 많은 사람들은 상담을 하고
"내가 없었네. 왜 그랬을까?"
"이제는 말하렵니다. 듣던지 안 듣던지 속이라도 시원하게."
라는 말을 가장 많이 하였다. 매 회기 마지막 피드백 시간에 말한다.
"뭔가, 답답한 것이 걷히는 그런 느낌…."
"나랑 같네. 나만 아니었네. 라는 생각이 들더라구요."

집단원은 안다. 지금은 말 못 하지만 현장에서 주고받던 말들이 어느 순간 행동이 되어 나온다는 것을. 무의식적으로 말이다. 몸은 '말'에 의해 이미 움직이고 있다는 것을 알아차릴 수 있을 것이다. 그 소리의 핵심은 한 마디로 '당신이 당신의 주인입니다.'일 것이다. '나'를 깨우는 일이 상담이다. '나'가 나를 이끌고 간다면 되는 것이다. 그것이 진짜 당신이고 당신이 주인이 되는 것이다. 상담이 100% 성공이라면 그 상담자는 엄청난 실력자일 것이다. 나는 내 내담자에게 '나를 사랑해.' 라고 매일 말하라고 한다. 말에는 힘이 있으니까 연습을 하자. 내 삶의 주인공으로 살아가는 연습을, 될 때까지 반복인 것이다. 서서히 내가 되어있는 나를 발견했던 나의 기쁨을 잊을 수 없다. 『얄미운 사람들』의 주인공처럼 얄미운 사람에게 화를 내어도 된다. 그래야 건강한 내가 되어 살 수 있다. 나처럼 참다 참다 응급실로 가지 말자. 삶의 주인이 되어 살아가는 연습을 일찍 시작하자.

5. 여기가 찡하게 아파요

하늘을 바라보았다. 시리도록 푸른 하늘이 있었다. 핸드폰의 밝기를 최대로 했다. 하늘을 향해 고개를 들었다. 셔터를 눌렀다. 파랗다고 말하기에는 조금은 부족하고 하늘색이라고 말하기도 조금 넘치는 색이 화면 가득 들어와 있다. 대만족이다. 나는 하늘을 찍는 것을 좋아한다. 구름이 있어도 좋았다. 말과 글로는 표현하기 힘든 빛깔의 저녁하늘도 좋았다. 맞다. 늦가을 홍시 색깔의 하늘은 너무 아름답다. 사진으로 담을 수 없는 신비함이 있다. 나는 마음이 힘들 때 하늘을 본다. 매 순간 변하는 하늘의 색을 보면 차분해졌다. 하늘이 주는 편안함이 참 좋았다. 저 하늘은 모든 것을 알고 있을 것 같았다.

스마트폰으로 땅에 있는 것을 찍었다. 그냥 풀과 꽃이었다. 거미줄에 앉은 이슬이 예뻐 찍기도 하였다. 봄이면 보랏빛 작은 개불알꽃도 찍었다. 낙엽을 헤집고 노란 얼굴을 내민 가락지 꽃도 찍었다. 여름에는 달개비 꽃도 찍었다. 그냥 이름도 모르는 풀에 물방울이 맺힌 것도 찍었다. 라일락꽃이 포도알갱이처럼 꽃망울일 때 찍고, 다음 날 조금 더 자란 꽃망울도 찍고, 네 개의 줄을 갖고 꽃대를 내밀 때도 찍고, 환하게 연보라로 피어날 때도 찍었다. 포도알갱이가 덕지덕지 앉은 검은 빛이 도는 꽃망울이 향기로운 라일락이라는 것을 몰랐다. 생김새가 하도 신기해 찍다 보니 라일락이었다.

"세상에."

나는 라일락 시리즈를 사진첩에 만들었다. 볼 때마다 신기하였다. 이렇게 아름다운 생명의 신비를 보니 가슴이 찡했다.

교사 연수회에서 미술을 활용한 '몸 책 만들기' 연수를 받았다. 강사의 지시대로 움직여야 했다. 질문 없이 진행되었다.

"앞에 있는 파스넷에서 마음에 드는 한 색을 고르세요."

나는 초록색을 잡았다.

"먼저 평소 안 쓰는 손으로 자신의 이름을 적으세요."

엄 명 숙 글자가 삐뚤 빼뚤이었다. 종이 오른쪽 아래 귀퉁이에 있다.

"이번에는 평소 쓰던 손으로 이름을 적어보세요."

엄 명 숙

"어떠세요?"

웃음이 나온다. 확연히 다른 두 개의 내 이름이 한 종이 위에 있다. 이번에는 왼쪽 상단 귀퉁이였다. 그래도 이름이 좀 크다

"이제 자신이 쓴 글자를 보고 몇 살인지 써보세요."

나는 다섯 살과 스무 살을 썼다.

다섯 살 때 나는 말을 시작했다. 말문이 더디게 터졌다고 엄마에게 들었다. '할아버지' 대신 '다야'라 불렀다고 했다. 스무 살에 나는 서울에 사는 대학생이었다. 최루탄의 따가움을 조금이라도 약화시키기 위해 눈 밑에 치약을 바르고 거리로 나섰다. 1988년 스무 살 여름, 삶의 열차를 바꾸어 탔다. 무신론자였던 나는 신에게 다시 돌아갔다. 스무 살이라고 무의식적으로 적었다. 다섯 살 말문이 트여 그동안 못한 말을 쏟아낸 나, 스무 살 '내가 너를 창조했노라'라고 유일하게 밝힌 신을 찾아 다시 신앙을 시작한 나, 내게 의미 있는 시작의 나이는 무의식 속에 잠재되어 있었다.

"자, 눈을 감아보세요."

잔잔한 음악이 2분간 나왔다.

"하얀 종이에 가장 행복했던 기억을 그리세요."

초록색 파스넷을 들고 원피스를 입은 나를 그렸다.

"다음은 힘들었던 모습을 그려보세요."

갈등을 했다. 이걸 그릴까? 저걸 그릴까? 무릎을 꿇고 있는 나를 까만 색연필로 그렸다. 그림도 잘 안그려졌다.

"다음은 지금 해야 할 일을 그려보세요."

"아~ 할 일이 산이네."

나도 모르게 한숨을 쉬며 나는 책을 파란색으로 도화지 전체에 그렸다. 그리고 책 위에 깨알 같이 글을 썼다.

"자, 다음은 내게 기적이 일어난다면 입니다. 어떤 기적이 일어나기를 바라는지 자유롭게 그리세요."

나는 레이저 빔 초능력을 부여해 책들을 다 읽어 내리는 기적을 일으켰다.

"지금부터 같은 모둠원끼리 이야기를 나누어야 하지만 생략하고."

"지금부터 그린 그림을 자유롭게 배치하세요. 그리고 스테이플러로 찍으세요. 아무것도 없는 하얀 종이는 맨 위입니다."

하얀 빈종이, 힘든 일, 해야 할 일, 이름 쓴 종이, 기적이 일어난다면 종이, 행복한 일 순서로 나는 책을 만들었다.

"자, 이제 그 그림에 맞는 글을 쓰는 겁니다."

사각 사각 글 쓰는 소리가 들린다. 18명의 연수생이 앉은 공간이 조용하다.

"이제 글도 썼으니 제목을 써 주세요."

나는 나의 인생 그림책을 읽어 보았다. 내 책의 제목은 『봄바람』이다. 분홍색 봄·진초록의 바·주황색의 람 글자 사이로 연두 봄바람이 4개 지나간다. 까만 네임펜으로는 글·그림 엄명숙을 썼다. 마지막 장이 마음에 든다. 두 팔을 벌리고 분홍색에 하얀 꽃무늬가 있는 원피스를 입고 있는 초등학교 2학년 엄명숙이 있다. 바가지머리 호섭이를 닮은 단발머리 소녀가 빨간 구두를 신고 있다. 바람이 불고 있다.

봄바람이 온다
봄바람이 온다
봄바람이 치마를 만진다
치마가 웃는다
봄바람이 간다
봄바람이 간다
봄바람이 **빨간 구두를 만진다**
빨간 구두는 빤짝인다
봄바람은 좋아라
봄바람은 출발이야.

오전 9시부터 오후 5시까지 연수를 받으면서 '과거 나'와 '현재 나'를 만났다. 온전하게 내 것으로 만들었다. 아이들과 만나 프로그램을 진행할 생각을 하니 가슴이 찡하게 아프다. '너도 가슴 찡! 나도 가슴 찡!'이면 좋겠다. 좋은 것을 만나면 여기가 찡하니까. 작디작은 알갱이가 까맣게 뭉쳐있어 징그럽게 보이던 라일락 꽃망울이 진한 향기를 내며 보랏빛 꽃으로 활짝 피어난 아름다움을 보았을 때 난 여기가 찡하게 아팠단다. 나는 너희가 너답게 피어나는 길에 함께 하는 동반자가 되고 싶다. 주님이 내가 아프고 힘들 때 인생 최고의 상담가로 다가와서 피난처가 되어주시고 길이 되어주셨듯이 나도 책으로 마음을 나누는 너희에게 목화솜 같은 편안함이고 싶다.

6. 긍정의 걸작

지역아동센터에서 프로그램을 진행했다. 이 아이들과는 3년을 함께 했다. 매주 수요일 오후 2시에서 3시20분까지 아이들을 만났다. 아이들은 외부에서 오는 나에게 처음에는 마음을 내주지 않았다. 책만 읽으면서 집단을 진행하기에는 연령대가 다양했다. 특히 3학년 여자 친구들이 무리를 지어서 행동을 했다. 센터에서는 저학년 아이들 전체를 대상으로 함께 해주기를 원했다.

1학년 친구는 자유롭게 참석을 하고 싶으면 하고 안 하고 싶으면 안 해도 되는 조건으로 프로그램을 진행했다. 단체로 활동하는 것에서 예외를 둔다는 것에
"선생님, 왜 경수는 안 해요?"
경아가 따지듯 내게 물었다.
"경수도 해야죠. 경수 안하면 우리도 안 해요."
은미도 합세를 했다.
"애들아, 경수는 아직 1학년이고 글도 잘 모르니⋯."
"그래도요."
경아가 또 대든다.
"그러면 너희들이 경수가 소리 질러도 참을 수 있어?"
"그래도 그렇지."
소정이가 뾰로통하게 말을 하고 눈을 지그시 감았다.
"최 선생님이랑 그리 하기로 했어요. 알겠지?"
"쳇, 흥!"
경아가 불만의 표시로 '쳇, 흥'을 하자 친구들도 금방 따라했다.
"그⋯ 그니까 불⋯ 불공평하죠. 우리는 다 하라고 하면서 말이에

요."

소정이다.

경미 얼굴표정이 이상했다. 미운 동생이지만 친구들에게 동생이 공격받는 것이 불편한 것이었다.

"자, 책 보자."

"우! 오늘은 뭔 책인데요?"

아이들과 책을 보고 이야기 나누는 것이 힘들었다. 아이들 마음을 열기 위해 전통놀이를 했다. 아이들은 놀이를 하면서 진짜 모습을 보여주었다. 싸우기도 하고, 규칙을 어기기도 하고, 강한 승부욕을 드러내기도 했다. 아이들의 노는 모습을 관찰하면서 아이들을 더 잘 이해하게 되었다. 전통놀이를 통해 협동하는 것도 배웠다. 나는 전통놀이와 '독서치료 심리상담' 프로그램을 격주로 진행하였다. 아이들도 책을 통해서 마음을 표현하는 것도 배우게 되었다. 무궁한 세계로 여행을 떠날 수 있었다. 책을 통해 나랑 같은 아이가 있다는 것에 안도감을 느꼈다. 초등학교 저학년 아이들이었기에 나는 아이들과 전래동화를 매체로 여러 번 사용했다.

전래동화는 평범한 사람이 주인공이다. 심지어는 남에게 약간의 무시를 당하거나 이용당한다. 주인공들은 삼세판 인생을 살았다. 어렵고 힘든 일을 세 번 당한다. 실수해도 다시 할 수 있는 기회가 주어진다. 착하고 행복하게 잘 사는 것으로 끝이 나는 전래동화는 아동센터 아이들뿐만 아니라 가치관이 형성되는 초등학교 저학년에게 잘 맞는 책이었다. 아이들은 '말도 안 돼' 하면서도 '말이 돼'로 생각을 바꾸어 가고 있었다.

"야, 지난번에 읽은 책에서 형이 나쁜짓해서 눈도 멀고 귀도 멀었잖아. 그러니까 석찬이 오빠도 그렇게 될 수 있어."

2학년 태호를 은미가 나무라고 있었다.

"석찬이 오빠 화 안 나게 해야겠다."

경아 동생인 경화가 말을 받았다.

"석찬이 오빠가 지난번에 책 못 읽었으니까 읽으라고 하자."

소현이가 조용히 말을 했다.

아이들은 스스로 생각하고 판단하는 힘이 생겼다.

『재주 많은 오 형제』를 하면서 자신의 강점을 앞면에 적고 뒷면에는 친구에게 좋은 점을 받아오게 하였다.

"치, 이게 뭐야? 내가 언제 잘 삐진다는 거야."

책상에 엎드려 은미가 울었다.

"누가 써 준 건데? 너냐? 박경아."

은미 대신 쌍둥이 언니 은영이가 경아에게 한 마디 했다.

"왜? 선생님이 솔직하게 쓰라고 했잖아."

경아는 기분 나쁘다는 반응을 했다.

"그래도 그렇지, 은미 울잖아."

순한 경미도 경아에게 말을 했다.

"너를 삐지기 대장으로 쓰면 좋냐?"

친구들이 자기편을 들어주자 은미가 눈물을 닦고 경아를 공격했다.

"뭐 어쩌라고?"

경아는 물러서지 않고 얼굴을 은미에게 들이대었다.

내가 개입을 할 때가 되었다.

"그만, 경아야. 언니랑 친구들이 한꺼번에 이야기하니까 어때?"

"몰라요."

"경아야, 지금 기분이 '몰라요' 구나."

"보면 모르세요. 기분 나쁘죠. 은미만 편들어주고."

"은미만 편드는 것 같아서 기분이 나쁜 거네?"

"그래요. 저는 솔직히 썼는데 은미가 운다고 다 은미 편만 들고⋯."

"아직도 씩씩거리면서 큰 소리로 말하는 것 보니까 경아가 지금 많이 섭섭하구나."

"선생님, 섭섭한 게 아니라 경아 화났어요."

좀처럼 끼어들기를 하지 않는 소현이였다.

"왜 소현이는 경아가 화 난 것 같아?"

"아뇨, 지금 경아가 화가 나서 그러는 거라니까요."

"경아 화났어?"

"잘 모르겠어요. 그치만 화도 나는 것 같아요."

아이들은 자신의 감정이 어떤 것인 줄, 잘 몰랐다.

아이들과 3년을 함께 하면서 아이들이 성장하는 것을 볼 수 있었다. 새로운 아이들이 센터에 들어 올 때도 있었다. 처음 오는 아이는 프로그램에 쏙 들어오지 못하고 관찰하는 기간이 필요했다. 내가 웃음이 나오는 것은 기존 아이들은 새 아이가 오면 다른 때보다 더 열심히 프로그램에 참여한다는 것이다. 새로운 아이의 참여를 독려하는 것인지, 우리는 특별하다는 것을 알리는 것인지 알 수가 없었다.

"소정아, 오늘은 유달리 애들이 잘하네. 안 싸우고."

"새 애가 왔잖아요. 그래서 그런 거예요."

"그거하고 무슨 상관인데?"

"새⋯ 새애가 우⋯ 우리랑 잘 놀아야 되잖아요. 그리구 선⋯ 선생님들이 잘해주라고 했어요."

"알았다. 소정이가 말 해주어서 이해가 되었네."

오래 다니던 아이들이 센터를 그만 두는 경우도 있었다.

"선생님, 이제 태호 안와요."

"왜?"

"태호 인제 다른 데 다닌대요."

"그렇구나."

"태호가 없으니까 경우가 슬퍼해요."

"왜? 맨날 싸우잖아. 더 좋지."

"아니에요. 자주 싸워도 선생님 없을 때, 잘 놀 때도 있었어요."

아이들은 친구가 떠난 아쉬움을 빙 돌려 이야기했다. 내가 모르는 정보까지 더하여서. 1주일에 한 번 와서 90분간 있다가 가는 선생님보다 더 많은 시간을 함께하는 친구의 변화를, 아이는 보고 있었던 것이었다. 센터장인 최 선생님은 아이들의 이야기를 들어주는 프로그램을 진행하셨다. 문제집을 푸는 것도 중요하지만 아이들이 자신을 사랑하기를 바란다고 했다. 내 방문이 때로는 아이들을 싸움으로 이끌기도 했고 부모님 성토장이 되기도 했다. 그럼에도 최 선생님은 나를 믿어주었다. 아이들이 나를 받아들여주고 나를 기다리는 모습을 보면서 나도 아이들을 더 사랑하게 되었다.

선생님은 프로그램 진행에 필요한 재료들을 아낌없이 구입해 주셨다. 아이들은 자신을 사랑하고 친구를 배려하게 되었고, 완전한 평화는 아니지만 다투면 사과할 줄 알게 되었다. 아이들과 함께 한 놀이 중 아이들에게 최고의 놀이는 누구나 거지가 되기도 하고 누구나 왕이 되기도 하는 '왕 거지' 놀이였다.

아이들은 깔깔대며 져도 좋고 이겨도 좋은 가위 바위 보를 했다. 그들은 놀이를 통해 함께하고 배려하는 마음을 배웠다. 내가 이 놀이를 상담에 넣은 것은 다른 사람의 입장이 되어 보는 경험을 주기 위해서였다. 매번 인사를 하고 가위 바위 보를 한다. 만약 자리에 앉은 신하가 안 받아주면 다시 부탁을 해야 한다. 왕까지 올라가기 위해서는 몇 번의 자리바꿈을 해야 한다. 지는 것을 인정하고 이긴 것을 인정하면서….

    3년 동안 같은 곳에서 같은 아이들과 함께 아동상담을 진행하는
것은 아이들의 성장을 지켜 볼 수 있는 멋진 경험이었다. 우리 아이
들은 행복할 수 있고 경험을 많이 하는 것이 중요하다. 개성대로 성
장할 수 있도록 도와주고 정서 지원을 하는 것이 필요하다. 아이들에
대한 믿음은 아이들을 당당하게 성장할 수 있게 한다. 이것이 힘이다.
3년 동안의 아동상담은 나에게 상담사로서 전문성을 갖추게 했다. 이
때 나는 매주 성장하는 상담사였다. 나는 따뜻하고 사람다운 정을 나
누는 상담계의 '사람상담사'가 되고 싶다.

7. 생명을 살리는 하루를 마치며

오늘도 해가 떴다. 하루를 시작할 수 있음에 감사를 드린다. 새벽을 기도로 시작한다. 너무 이른 시각까지 잠들지 못할 때는 5시부터 7시까지 잠깐 눈을 붙인다. 알람 소리에 자리를 털고 일어난다. 요즘 오른쪽 팔이 아파서 먹는 약 때문에 아침을 먹는다. 학교로 찾아가는 프로그램이 있어 아침부터 바쁘다. 8시 20분에는 집에서 나가야 한다. 학교 선생님들의 임장지도하에 아이들에게 교육을 한다.

"여러분, 오늘 학교 오면서 무엇을 보았어요?"
"……."
"선생님은 여러분 학교에 오면서 구름을 보았어요."
내가 먼저 본 것을 이야기 하자 여기저기서 본 것을 말했다.
"저는 풀을 봤어요."
"쓰레기도 봤어요."
"친구를 봤어요."
"네. 여러분이 본 것이 진짜 많아요."
46개의 똘망똘망 눈이 나를 향하고 있다.

"오늘 여기 선생님은 여러분이 안전한 학교생활을 위해서 지켜야 할 것을 이야기하러 왔어요."
"와~ 여우와 두루미다."
학습 자료인 PPT를 띄었다.
"여우와 두루미 이야기 알아요?"
"네."
"음, 그럼 누가 이야기 해줄 사람?"

"저요."

"좋아요. 친구가 들려주세요."

"음, 여우랑 두루미가 초대했는데…. 잘 모르겠어요."

호기롭게 손을 들던 기색은 어디로 가고 끝말이 흐리다.

"참 잘했어요. 친구 이야기를 이어서 더 이야기 해줄 친구?"

"저요."

"좋아요."

"여우가 두루미를 초대했는데 여우가 밥그릇을 납작한 접시에 주어서 두루미가 못 먹고 갔어요. 또 두루미도 여우에게 긴 꽃병에다 주어서 못 먹었어요."

"박수, 참 잘해주었어요."

"선생님이 알고 있는 이야기하고 조금 다르네요. 선생님이 이야기 해 줄까요?"

"네"

"여우와 두루미는 진짜 진짜 친했어요. 둘이는 만나서 공기놀이도 하고 유희 왕 카드놀이도 하고."

"에~ 여우랑 두루미가 무슨 카드놀이를 해요?"

예상된 반응이었다. 아이들이 잘 들을 준비가 되었다는 신호였다.

"했대요. 아무튼 그러다 어느 날 여우가 두루미에게 자기 집에 놀러오라고 했어요. 두루미는 기분이 좋아서 룰루랄라 노래를 부르면서 갔어요. 여우 집에서 롤 게임도 하고 놀았어요. 놀다보니까 배가 고파졌어요. 여우는 두루미에게 이제 밥을 먹자고 했어요. 여우는 평소처럼 넓적한 그릇에 스프를 담았어요. 두루미는 아무 말도 안 하고 여우가 먹는 것만 지켜봤어요. 그리고는 여우한테 집에 간다고 하고 가면서 여우를 집에 초대했어요."

"……"

아이들이 집중하고 있다.

"다음날 여우는 두루미가 초대한 것이 생각나서 두루미 집에 갔어요. 노래를 부르면서. 여우에게 두루미는 음식을 주었어요. 이번에는 긴 물병이었어요. 여우는 두루미가 자기를 놀린다고 생각하고 화가 나서 나왔어요. 친한 친구였던 둘은 완전, 완전 나쁜 사이가 되었다고 해요."

"내가 알던 이야기랑 비슷하네요."
이야기가 끝나자마자 시시하다는 반응이 왔다.
"자, 친구들 질문 하나만 할게요. 여우와 두루미는 어떤 실수를 한 것일까요?"
"저요, 제가 발표하겠습니다. 여우는 두루미를 생각하지 않았습니다."
"저요, 제가 발표하겠습니다. 두루미도 여우를 배려하지 않았습니다."
"네, 정말 그러네요. 둘이는 친구였어도 말이에요."
연이어 질문을 하였다.
"자 모두에게 답을 할 기회를 줄 거예요. 여우가 납작한 접시에 음식을 주었을 때 두루미가 어떤 말을 하면 좋았을까요? 여러분이 두루미가 되어서 말 하는 거예요."
"저요, 저요."
"모두가 말 할 거예요. 자신의 생각을 적고 기다려 주세요."
"······."
"자 이 줄부터 시작할 거예요. 모두 잘 들어야 해요. 똑같은 생각이어도 자신의 생각을 말해야 해요."
"저는 이렇게 말하겠습니다. 여우야, 나는 납작한 접시에 담긴 음식은 못 먹어."

자리를 이동하며 반 전체 아이들의 이야기를 들었다.

"여우야, 너희 집에 다른 그릇은 없니?"

"잠깐 집에 갔다 올게. 그릇을 가져올게."

"다음엔 긴 주둥이 그릇을 준비해 줘. 부탁할게."

"너 지금 장난 하냐?"

아이들의 웃음이 터져 나온다.

"너 때문에 내가….."

여러 답이 나왔다.

두루미가 말을 했다면 여우는 어떻게 했을까? 질문에 아이들은 여우가 사과했을 것이라는 답을 가장 많이 했다. 짧은 시간 동안 아이들과 깊이 만날 수는 없지만 아이들은 안다. 서로 다르다는 것을. 그리고 친구에 대한 배려가 폭력을 줄인다는 것을. 그리고 그 예방은 자기생각을 분명하게 말하는 것과 친구를 배려하는 마음이라는 것을.

초등학교 고학년은 자신들에게 일어난 일을 부모님께 말하는 학생보다 말 안하는 학생이 많았다. 나는 안전을 위해서는 부모님과 오늘 있었던 이야기를 꼭 하라고 말 한다. 부모님이 너희들을 다 지켜볼 수 없으니, 학교에서나 학원에서 있었던 일을 이야기하라고 한다. 그래야 부모님이 여러분을 더 안전하게 지켜줄 수 있다고 말이다. 우리 아이들이 건강하게 자라도록 열심히 하고 있다. 개인 상담과는 다르지만 아이들의 건강을 위해 꼭 필요한 교육이다.

강의가 끝나고 찾아오는 아이들은 만나주었다. 내 이야기를 듣고 친구에게 상처받은 이야기를 하는 친구가 있다. 그럴 경우에는 담임 선생님께 쪽지를 남기거나 보건 선생님께 그 아이를 만나봐 달라고 부탁을 했다. 짧은 교육을 통해서라도 타인을 배려하는 멋진 일을 아이들은 체험한다.

"선생님, 바쁘시죠?"

"아뇨. 요즘은 놀팅입니다."

"저기, 부탁 좀 드려도 되겠습니까?"

"너무 뜸 들이신다."

"상담료가 좀 작습니다."

"고마, 저희가 상담료 보고 상담하면 못하는 것 아시죠?"

도움이 필요한 것이라면 달려갔다. 초기면접상담을 그녀가 만날 수 있다고 한 아파트 정자에서 진행했다. 그녀는 육아에 지쳐 있었다. 두 명의 아이는 상담이 진행되는 동안 엄마 곁을 떠나지 않았다. 두 아이가 상담을 받을 친구였다.

"제가요⋯."

끝없이 쏟아내는 어머니의 푸념과 원망에서 힘든 살림살이가 전해져 왔다.

"탁!"

말하는 중에도 두 아이에게 가해지는 손매.

"메롱."

남동생이 먼저 누나를 놀렸다.

"너 죽었어, 순성이 바보새끼야."

누나도 참지 못하고 손과 발이 동시에 나갔다.

"제가 안 그러려고 해요. 근데⋯."

"어머니 팔은 왜 그러세요? 모기 물렸어요?"

"이거요. 제가 막 뜯어요. 애들 때리면 안 되니까 참다 참다 또 참다가 피가 나죠. 이쪽도 다 그래요."

"⋯⋯."

말을 이을 수가 없었다. 그녀는 지쳐있었다.

"순성이랑 혜인이는 잠깐 집에 가 있을까?"

초기면접 상담을 같이 하러 온 다른 상담사가 아이들을 향해 말을 했다.

"싫어."

두 아이는 완강하게 거부의사를 밝혔다.

"음, 어머니. 아이들이 다 듣고 있으니 오늘은 여기까지만 해요."

"제가 살아 있는 건지 모르겠어요."

다섯 아이를 키워내는 이 여인의 남편은 장애를 가지고 있다고 했다. '빈껍데기 같다.'고 말하는 그녀의 이야기를 앞으로 더 들어주어야 한다. 유년의 상처부터 탐색해야 한다. 병상의 남편, 게다가 넷째는 뇌전증 진단을 받았다고 했다. 초등학교 4학년 딸은 싸움꾼이다. 우울증인 자신도 살아내기 힘겨운 그녀였다.

"이웃 할머니랑 이모들이 자신들 같으면 이미 도망갔을 거라고, 나한테 대단하다고들 해요."

이 말이 '저 힘들어요. 저도 도망치고 싶어요.'로 들렸다. 다시 시작이다. 아마도 장기상담이 될 것이다.

"어머니, 고마워요. 우리 아이들 포기 하지 않고 상담을 신청해 주어서 진짜 고마워요. 어머니도 함께 이야기해요."

"그럴 수 있으면 좋겠어요."

"우리 다음 주에 만나고 오늘은 여기서 헤어져요."

새로운 시작은 늘 나를 긴장하게 한다. 이번 상담은 다른 상담사와 함께 하게 되었다. 아이들 마음이 많이 아파서 다른 곳에서 감당하기 어렵다고 해서 의뢰를 받게 된 사례이다. 면접상담 기록지를 정리하면서 눈물이 났다. 상담과 교육이 병행되어야 했다. 엄마이기 전에 한 사람으로서 살아내어야 할 힘이 회복되어야 한다. 가족상담이 이뤄

져야 한다.

기도합니다. 감당할 수 있게 해 주신 하나님, 생명을 사랑하게 하소서. 포기하지 않게 하소서. 저의 부족함을 채워주소서. 전체 강의식으로 아이를 만나고 개별로 상담자를 만난 하루가 지나갑니다. 내일은 오늘 마음에다 '할 수 있어'를 더하며 시작하게 하소서. 나를 부르는 곳이면, 내가 필요로 하는 곳이면 내가 할 수 있는 최선을 다하려합니다. 힘을 주시고 동행하여 주소서.

나는 돌고 돌아서 상담사의 길, 매일 배움의 길에 선다. 마음이 너무 아파서 잠시 서 있을 수 있는 힘도 없기에 주저앉아서 도움의 손길을 기다리는 삶들이 다시 설 수 있게 돕고 싶다. 따듯함을 가진 전문상담사 엄·명·숙 이고 싶다.

마치는 글

마음을 나누는 일을 할 수 있어서 행복합니다. 누군가를 생각할 때 그 사람도 저를 생각하며 웃을 수 있다면 더 감사할 것 같습니다. 지금 이 자리를 고마움으로 감격함으로 지킬 수 있어서 다행이라고 생각합니다.

타인의 기분을 맞춰주는 삶을 살아왔습니다. 사람들은 그런 저를 보고 '속 넓은, 엄 샘'이라고 불렀습니다. 그러다 내 목소리를 내지 못하는 '함께'는 진정한 '함께'가 아니라는 것을 알게 되었습니다. 숲은 나무들이 모여 됩니다. 나무 한 그루, 한 그루가 저마다 위치에서 바람이 불면 춤을 춥니다. 각자 햇볕을 받기에 적합한 나뭇잎을 가지고 있습니다. 숲에서는 우리가 알지 못하는 일들이 일어나고 있는지도 모릅니다. 그러나 숲은 우리에게 신선한 공기를 줍니다. 우리도 저마다의 색깔을 가지고 자기 몫의 삶을 살아 나가야 합니다.

저는 통찰하면서 깨어났습니다. 저는 저를 사랑합니다. 제 모습 그대로 상대에게 보여줍니다. 그러자 저는 편안해졌습니다. 있는 그대로의 자기 자신을 인정하고 사랑해 보는 당신이 되기를 바랍니다. 그냥 한 번 도전해보세요. 힘겨울 때 손을 내밀면 어딘가에서 도움의 손이 다가올 것입니다.

어떤 분이 들려주었습니다. 70일을 굶었어도 말을 안하니 자기들만 밥을 먹고, 밥상을 싹 치워버렸다고 하더군요. 그래서 어쩌면 인정도 없냐고 하며 30년을 오해하고 미워하고 섭섭해하며 살았답니다.

세월이 흘러 그 때 일을 물으니 '말 안 해서 몰랐지.' 하고 끝났답니다.

이제 자기를 이야기 해보세요. 속으로 끙끙거리지 말고 이야기하세요. 감정을 담아 말하지는 마세요. 오히려 화를 던져버리고 '당신이 이러해서 내가 이런 기분이 들어. 안 그러면 좋겠어. 이렇게 해주면 좋겠네.'라고 말하세요. 너무 너무 감당 할 수 없을 만큼 화가 난다면 잠시 그 상황에서 벗어나 보세요. 그리고 크게 소리쳐 보세요. 소리 지르는 당신을 보고 이상하게 생각할지 모르지만 괜찮습니다. 그는 아직 당신과 관계를 맺지 않은 절대적인 타인이니까요. 말하기 시작하면서 저는 다 내려놓을 수 있게 되었습니다. 말하는 것 별 것 아니었습니다. 이제 마음의 창을 열어보세요. 새로운 공기를 받아들여 주세요. 용기가 조금 필요합니다.

저는 저를 몹시 사랑합니다. 그리고 나를 사랑하는 만큼이나 내 주변의 사람들을 사랑합니다. 나는 나를 소중하게 여깁니다. 그만큼이나 내 주변의 사람들을 소중하게 생각합니다. 우리는 실수할 수 있는 존재예요. 나와 내 옆에 있는 가족에게 함부로 대하는 실수를 한 적이 있습니다. 이제 멈추어 보세요. 나와 내 가족을 소중하게 대해 주세요. 당신이 관계를 맺는 사람들보다 더 소중한 가족입니다. 아이들은 부모로 인해 아픈 경우가 많았습니다. 내 가족을 존중하는 것을 시작하십시오. 지금껏도 소중히 대했다면 정말 멋진 당신입니다. 내 가족이 소중한 만큼 이웃도 소중하다는 것을 알 수 있어요. 사람답게 살아가는 사회를 꿈꾸며 살아갑니다.
지금이 중요합니다. 지금을 사랑하고 싶습니다. 함께 가고 싶습니다. 손을 내밀어주시겠습니까?
생명을 살리는 길을 가고 있는 저를 응원해 주시는 당신을 상상하는 것만으로 힘이 납니다.

독서치료사, 나를 말하다
- 나·책·아픔을 씻은 사람들 이야기 -

초판 발행일 / 2019년 11월 30일
지은이 / 엄명숙
발행처 / 뱅크북
출판등록 / 제2017-000055호
주소 / 서울시 금천구 가산동 시흥대로 123 다길
전화 / 02-866-9410
팩스 / 02-855-9411
email / san2315@naver.com
ISBN / 979-11-90046-05-3 (03810)